KB211424

예고된 죽음의 연대기

CRÓNICA DE UNA MUERTE ANUNCIADA

by Gabriel García Márquez

예고된 죽음의 연대기

가브리엘 가르시아 마르케스 장편소설

조구호 옮김

사랑을 얻는 것은
매를 사냥하는 것과 같다.

— 힐 비센떼

차례

1

　그들이 그를 죽이기로 한 날, 산띠아고 나사르는 주교가 타고 오는 배를 맞이하기 위해 새벽 5시 30분에 잠자리에서 일어났다. 부드러운 보슬비가 내리는 이게론 나무숲을 가로지르는 꿈을 꾸면서 한순간 행복감에 젖었으나 잠에서 깨어났을 때는 온몸이 새똥 세례를 받은 것처럼 느껴졌다. "그 앤 항상 나무 꿈을 꿨어." 산띠아고 나사르의 어머니 쁠라시다 리네로는 27년이 흐른 뒤 그 불쾌한 월요일을 세세하게 회상하며 내게 말했다. "그 전주에는 혼자은종이 비행기를 타고 아몬드 나무 사이를 훨훨 날아다니는 꿈을 꾸기도 했다니까." 그녀는 식사 전에 얘기하기만 하면 다른 사람의 꿈을 정확하게 풀이해 주는 능력으로 소문이 자자했지만, 아들이 꾼 두 가지 꿈에서는 불길한 징조를 전혀 알아채지 못했다. 아들이 죽기 전 며칠 동안 아침마다 들려주던 나무 꿈에서도 마찬가지였다.

산띠아고 나사르 자신도 그런 조짐을 알아채지 못했다. 옷도 벗지 않은 채 선잠을 자고 깨어났을 때는 지난밤 자정이 넘도록 이어진 결혼식 피로연의 후유증인지 머리가 지끈거리는 데다 입 안이 깔깔했다. 오전 6시 15분에 집을 나서 한 시간 뒤 돼지처럼 난도질을 당할 때까지 그와 마주친 수많은 사람들은 그가 조금 졸린 듯했지만 기분이 좋아 보였고, 평상시와 마찬가지로 참 아름다운 날이라는 인사말을 모두에게 건넸다고 기억하고 있었다. 하지만 그의 인사말이 날씨 상태를 이야기하는 것이라 생각하는 사람은 아무도 없었다. 그날은 2월의 날씨가 매양 그렇듯 뽈라따노 나무숲 사이로 바닷바람이 불어오는 화창한 아침이었다는 데 수많은 사람의 견해가 일치했다. 하지만 다른 사람들 상당수는 구름이 끼어 하늘이 낮아 보이고 고인 물 악취가 짙게 풍겨 오는 우중충한 날씨였고, 그 불행한 사건이 벌어진 순간에는 산띠아고 나사르가 꿈속 숲에서 본 것 같은 보슬비가 살짝 뿌렸다고 했다. 나는 마리아 알레한드리나 세르반떼스의 완벽한 보살핌을 받으며 결혼식 피로연에서 지친 몸을 달래느라 잠시 눈을 붙이고 있었다. 그러다 요란스러운 경보 종소리를 듣고는 주교의 도착을 알리는 예종 소리일 거라 생각하고 눈을 떴다.

산띠아고 나사르는 전날 결혼식에서 입은 것과 똑같은 풀 먹이지 않은 하얀 리넨 바지와 셔츠를 입었다. 특별한 경우에만 입는 복장이었다. 주교가 방문하는 자리가 아니었더라면 그는 목장에 가는 월요일마다 입는 카키색 작업복에 승마화를 착용하였을 것이다. 그는 엘 디비노 로스뜨로* 목장을 아버지에게 물려받아, 소득은 별로 없었지만 꽤 훌륭한 판단력으로 꾸려 가고 있었다. 목장이 있는 시골에서는 허리에 357매그넘 한 정을 차고 다녔는데, 그의 말에 따르면 탄환 한 방으로 말 허리를 두 동강 낼 수 있는 성능을 지닌 총이었다. 반시(半翅) 사냥철에는 매사냥 도구도 가지고 다녔다. 벽장에는 30.06구경 만리허 쉐나우어 라이플, 300구경 홀랜드&홀랜드 매그넘, 2배율 망원경이 장착된 22구경 호넷, 그리고 윈체스터 연발총이 한 정씩 들어 있었다. 그는 아버지가 그랬던 것처럼 언제나 베갯잇 속에 무기를 숨겨 둔 채 잠을 잤으나 그날은 집을 나서기 전에 탄환을 빼서 침대 사이드 테이블 서랍에 넣어 두었다. "그 앤 절대 장전해 두지 않았어." 그의 어머니가 내게 말했다. 나는 그 사실뿐만 아니라 그가 총을 둔 장소

---

* El Divino Rostro. '성스러운 얼굴'이라는 의미다.

에서 아주 멀리 떨어진 곳에 총알을 숨겨 놓아 그 누구도 집 안에서 장전하고 싶은 유혹을 느끼지 않도록 조치했다는 사실도 알고 있었다. 그것은 그의 아버지가 정해 놓은 사려 깊은 규칙이었다. 어느 날 아침에 하녀가 베갯잇을 벗기려고 베개를 흔들어 댔을 때 권총이 바닥에 떨어지면서 총알이 발사된 일이 있었는데 총알은 침실 벽장을 박살내고 거실 벽을 뚫고 나가 전쟁터에서 날 법한 소리를 내며 옆집 주방을 통과한 뒤 광장 반대편 성당 중앙 제단에 있는 실물 크기의 성인 석고상을 산산조각 내 버렸다. 당시 산띠아고 나사르는 어린아이였지만 그 우발적인 사건이 가르쳐 준 교훈을 결코 잊지 않았다.

그의 어머니가 기억하고 있는 아들의 마지막 모습은 침실을 재빠르게 통과해 가던 것이었다. 산띠아고 나사르가 욕실 약장에서 아스피린을 찾느라 더듬거리는 소리에 잠에서 깨어나 침실 불을 켠 그녀는 손에 물 컵을 든 채 문간에 나타났던 아들의 모습을 영원히 기억해야 했다. 그때 산띠아고 나사르가 자기 꿈 이야기를 어머니에게 들려주었으나 그녀는 꿈속의 나무에는 신경 쓰지 않은 채 말했다.

"새 꿈은 모두 건강을 의미한단다."

그녀는 나중에 내가 여기저기 흩어져 있던 기억의 편린들을 끼워 맞춰 내 기억의 부서진 거울을 복구하기 위해 그 잊힌 마을을 찾아갔을 때 누워 있던 바로 그 해먹에서 바로 그 자세로 아들을 보았다. 그녀는 대낮에도 사물의 형태를 간신히 구별할 수 있을 정도로 눈이 어두웠고, 아들이 마지막으로 침실을 통과한 그날 이후로 계속된 두통 때문에 양쪽 관자놀이에 약초 잎사귀를 붙이고 있었다. 해먹에 모로 누워 있던 그녀가 자리에서 일어나려고 해먹 머리맡에 달린 줄을 움켜쥐었는데, 어스름 속에는 사건이 일어나던 날 아침에 나를 놀라게 한 그 세례당 냄새가 스며들어 있었다.

자기 침실 문지방에 나타난 내 모습에 불현듯 아들 산띠아고 나사르의 모습이 겹쳐 보이는 모양이었다. "걔가 저기 있었지. 맨물에 빤 하얀 리넨 옷을 입고 있었어. 피부가 아주 민감해서 사각사각 풀 먹인 옷은 싫어했거든." 그녀는 오랫동안 해먹에 앉아 후추 씨를 씹은 뒤에야 비로소 아들이 돌아왔다는 환상에서 깨어났다. 그녀가 한숨을 내쉬었다. "그 앤 내 인생의 전부였어." 나는 그녀의 기억 속에 들어 있는 그를 보았다. 1월 마지막 주에 만 스물한 살이 된 그는 아버지의 아랍 인 눈꺼풀과 곱슬머리를 닮은 늘씬하고 희멀건 청년이었다. 그는 단 한순간도 행복하지 않았던 어느 정략결혼 부부가 낳은 독자였으나, 3년 전 아버지가 갑자기 세상을 뜨기 전까지는 아버지와 더불어 행복하게 살았던 것 같고, 자신이 죽은 월요일까지는 어머니와 더불어 여전히 행복하게 살았던 듯했다. 그는 어머니로부터는 육감을 물려받았다. 아버지에게서는 아주 어릴 적부터 총기를 다루는 법, 말을 사랑하는 법, 그리고 하늘 높이 나는 사냥용 맹금류를 길들이는 법을 배웠다. 무엇보다 그가 아버지에게 배운 최고의 자질은 용기와 분별력이었다. 부자지간에는 아랍 어로 대화하기도 했지만, 쁠라시다 리네로 앞에서는 그녀가 소외되었다는 생각이 들지 않도록 아랍 어를 삼갔다. 부자가 마을에서 총을 들고 다니는 일은 결코 없었고, 길들인 매를 데려오는 것도 바자회에서 매사냥 시범이 실시될 때뿐이었다. 산띠아고 나사르는 아버지가 세상을 뜬 뒤 가족의 목장을 떠맡을 수밖에 없었기 때문에 부득이 마지막 학년 때 고등학교를 자퇴해야만 했다. 그는 천성적으로 명랑하고 온화하며 솔직 담백했다.

그들이 그를 죽이려고 한 날, 흰옷 입은 아들을 본 어머니는 아들이 요일을 잘못 알고 있다고 생각했다. "난 그날이 월요일이라고 알려 주었어." 그녀가 내게 말했다. 하지만 그는 혹시 주교의 반지에 입을 맞출 기회가 있을지도 몰라서 가톨릭식으로 차려입었노라고 어머니에게 설명했다. 그 말에 그녀는 별다른 관심을 두지 않았다.

"주교님은 배에서 내리지도 않으실 거다." 어머니가 아들에게 말했다. "늘 그렇듯 의무적으로 강복이나 해 주시고 왔던 길로 곧장 되돌아가실 거야. 주교님은 이 마을을 싫어하시잖아."

산띠아고 나사르는 그 말이 사실이라는 것을 알았지만 화려한 교회 의식은 그에게 매우 매혹적이었다. "영화 같을 거야." 그는 언젠가 내게 이렇게 말했다. 반면에 주교의 방문 건에 관해 어머니가 유일하게 신경 썼던 점은 지난밤 잠을 자면서 아들의 재채기 소리를 들었기 때문에 아들이 비를 맞지 않아야 한다는 것이었다. 그녀가 아들더러 우산을 가져가라고 권했으나, 그는 손으로 작별 인사를 하며 그냥 방을 나가 버렸다. 그것이 그녀가 마지막으로 본 아들의 모습이었다.

식모 빅또리아 구스만은 그날뿐만 아니라 2월 내내 비가 단 한 방울도 오지 않았다고 확신했다. 그녀가 세상을 뜨기 얼마 전 내가 찾아갔을 때 그녀는 이렇게 말했다. "오히려 8월보다도 해가 더 쨍쨍했는걸." 산띠아고 나사르가 부엌에 들어섰을 때 그녀는 헐떡거리는 개들에 둘러싸여 점심에 먹을 토끼 세 마리를 각각 네 등분하고 있었다. "그는 늘 잠을 제대로 못 잔 듯 부스스한 얼굴로 일어났어." 빅또리아 구스만은 담담하게 과거를 회상했다. 꽃

다운 나이에 막 들어선 그녀의 딸 디비나 플로르는 산띠아
고 나사르가 지난밤의 피로를 풀 수 있도록, 여느 월요일
처럼 설탕 대신 사탕수수 술 몇 방울을 섞은 쏩쓰름한 커
피를 머그잔에 담아 그에게 갖다주었다. 화덕의 불이 소곤
소곤 타들어 가고 닭들이 횃대에서 졸고 있는 커다란 부엌
은 흡사 은밀하게 숨을 쉬는 것 같았다. 아스피린을 한 알
더 깨물어 삼킨 산띠아고 나사르는 자리에 앉아 머그잔에
든 커피를 한 모금 한 모금 천천히 음미했다. 화덕 위에서
토끼 내장을 꺼내던 두 여자에게서 눈길을 떼지 않은 채
커피를 마시는 속도만큼이나 천천히 상념에 잠겨 갔다. 빅
또리아 구스만은 나이에 걸맞지 않게 여전히 균형 잡힌 몸
매를 유지하고 있었다. 야성미를 살짝 풍기는 딸은 젊음의
충동을 주체하지 못하는 것 같았다. 그녀가 산띠아고 나사
르에게서 빈 머그잔을 건네받으려 했을 때 그가 그녀의 손
목을 움켜잡았다.

"이제 너를 길들일 때가 되었구나."

빅또리아 구스만이 그에게 피가 묻은 칼을 치켜들어 보
였다.

"이봐요, 백인 총각. 그 손 놔요. 내 눈에 흙이 들어가기
전에는 이 아이에게 손끝 하나 대지 못해요."

빅또리아 구스만은 사춘기 절정에 이르렀을 때 이브라

16

임 나사르에게 유혹당했다. 그는 여러 해 동안 목장 마구간에서 그녀와 비밀스러운 정사를 즐기고 나서는 사랑이 식어 버리자 그녀를 자기 집에 데려다 놓고 집안일을 시켰다. 빅또리아 구스만이 가장 최근의 남편과 낳은 딸 디비나 플로르는 자신이 산띠아고 나사르의 정부가 되어야 할 운명임을 인식했고 그런 사실 때문에 그녀는 미리 불안감을 느꼈다. "세상에 그런 남자는 다시 없었죠." 이제 뚱뚱해지고 시든 디비나 플로르는 다른 애인들과 낳은 자식들에게 둘러싸인 채 이렇게 말했다. "제 아비를 쏙 빼닮았지." 빅또리아 구스만이 딸에게 대꾸했다. "빌어먹을 인간." 하지만 그녀는 자신이 토끼의 내장을 통째 끄집어내 김이 무럭무럭 나는 창자를 개들에게 던져 주었을 때 산띠아고 나사르가 질겁하던 모습을 회상할 때마다 흠칫 몸서리가 쳐지는 걸 피할 수 없었다.

"그렇게 잔인하게 굴지 말아요. 그게 사람이라면 어떨지 입장 바꿔 놓고 생각 좀 해 보라고요."

무방비 상태의 동물들을 죽이는 데 익숙한 남자도 갑자기 그런 공포를 느낄 수 있다는 사실을 빅또리아 구스만이 이해하는 데는 거의 20년이 걸렸다. "에구머니." 그녀가 놀라며 소리쳤다. "그러니까 그 모든 게 일종의 계시였던 게야." 하지만 살인 사건이 벌어진 날 아침 그녀는 매우 화가 치밀었기 때문에 단지 산띠아고 나사르의 아침 밥맛을 가시게 할 속셈으로 개들에게 토끼의 내장을 계속해서 먹이로 던져 주었다. 주교가 타고 오는 증기선의 우렁찬 뱃고동 소리에 온 마을이 잠에서 깨어나던 시각에 산띠아고 나사르의 집에서 일어난 일이었다.

거친 판자로 만든 벽에 뾰족한 양철 지붕을 얹은 집은 과거에 창고로 쓰던 2층 건물로, 지붕 위에서는 말똥가리들이 늘 항구의 쓰레기를 노리고 있었다. 바다를 오가는 수많은 바지선과 일부 큰 배까지 강어귀 개펄 지대를 뚫고 들어올 수 있도록 강이 아주 유용한 운송로 구실을 하던 시절에 지어진 집이었다. 내란이 끝날 무렵 이브라임 나사르가 마지막 아랍 이주민들과 함께 그곳에 도착했을 때는 강의 흐름이 바뀌어 이미 바닷배가 출입하지 않고, 창고도 폐쇄되어 있었다. 이브라임 나사르는 수입품 상점을 열 생각으로 창고를 헐값에 사들였지만 상점은 끝내 열지 않았고 결혼을 하면서 살림집으로 개조했다. 아래층은 온갖 용도로 쓰이는 응접실로 꾸미고, 창고 뒤쪽에는 말 네 마리를 넣을 수 있는 마구간, 하인들의 방, 농장식 부엌을 들였는데 부엌 창문들이 항구 쪽으로 나 있어서 하루 종일 역겨운 갯내가 풍겨 왔다. 응접실에서 손대지 않고 내버려둔 유일한 것은 어느 난파선에서 건져 온 나선형 계단이었다. 과거에 세관 사무실로 사용되던 위층에는 널찍한 침실 두 개와 자식이 여럿 생기면 쓸 작은 방 다섯 개를 들였으며, 광장의 아몬드 나무가 내려다보이는 위치에는 훗날 뿔라시다 리네로가 3월 오후의 외로움을 달래며 앉아 있게 될 목조 발코니도 만들었다. 정면 현관문은 그대로 두고, 선반(旋盤)을 이용해 원통형으로 깎은 목재를 들여 사람 키 높이 창문 두 개를 만들었다. 뒷문은 말이 드나들 수 있게끔 높이만 조금 올렸을 뿐 그대로 두고, 옛 부두 일부를 여전히 이용했다. 자연스럽게 구유들이 있는 곳과 부엌으로 통했을 뿐만 아니라 광장을 가로지를 필요 없이 새 항구로 가는 길과도 연결되어 있었기 때문에 사람들은 주로 그곳으로 드나들었다. 현관문은 축제 때가 아니면 빗장을 걸어 놓았다. 하지만 산띠아고 나사르를 죽이려 하던 남자들이 그를 기다린 문은 뒷문이 아니라 앞문이었고, 새 항구로 가려면 집을 빙 돌아야 했는데도 산띠아고 나사르가 주교를 맞이하러 나간 문도 앞문이었다.

그처럼 불길한 일치가 어떻게 가능했는지는 그 누구도 이해할 수 없었다. 리오아차에서 사건을 조사하러 나온 수사 판사*가 사건을 합리적으로 설명하려 애쓴 흔적이 수사

---

* 사건이 발생했을 때 초동 수사를 담당하는 판사로, 우리나라의 검사 역할을 한다.

보고서에 역력히 드러나 있는 것으로 판단해 보건대 그 수사 판사가 그처럼 불길한 일치를 진정으로 받아들이지는 못했다 해도 감지는 했던 것 같다. 광장으로 난 문은 어느 싸구려 소설의 제목이기도 한 '불길한 문'이라는 이름으로 여러 군데에 언급되어 있었다. 사실 수사 과정에서 유일하게 타당한 설명은 쁠라시다 리네로가 수사 판사의 질문에 어머니로서 대답해 준 것뿐인 듯했다. "내 아들은 옷을 제대로 차려입었을 때는 뒷문으로 나가는 법이 없었어요." 이 말이 너무나도 당연하게 들렸기 때문에 수사 판사는 종이 한 귀퉁이에 적어 두고 정작 수사 보고서에는 기록하지 않았다.

빅또리아 구스만은 그들이 산띠아고 나사르를 죽이기 위해 기다리고 있었다는 사실을 자신도 딸도 전혀 몰랐다고 분명하게 밝혔다. 하지만 몇 년이 흐른 뒤 그녀는 산띠아고 나사르가 커피를 마시러 부엌으로 내려왔을 때 모녀는 이미 그 사실을 알고 있었노라고 시인했다. 새벽 5시가 조금 지나 우유를 구걸하러 들른 여자가 그들이 산띠아고 나사르를 죽이려 한다는 사실을 모녀에게 알리면서 그들이 무엇 때문에, 어디서 산띠아고 나사르를 기다리고 있는지 밝혀 주었던 것이다. "그 여자가 술에 취해 한 말이라 생각하고는 그에게 알리지 않았지." 빅또리아 구스만이 내게 말했다. 하지만 디비나 플로르는 나중에 자기 어머니가 세상을 뜬 뒤 내가 다시 찾아갔을 때, 어머니는 내심 그들이 산띠아고 나사르를 죽여 주기를 바라고 있었기 때문에 그에게 아무 말도 하지 않았노라고 고백했다. 한편 디비나 플로르는 당시 겁에 질려 있던 일개 소녀였기 때문에 스스로 결정을 내릴 수가 없었던 데다 그가 죽은 사람처럼 싸늘하고 억센 손으로 그녀의 손목을 움켜잡았을 때는 더욱더 겁이 나서 그에게 그 사실을 알리지 못했다.

산띠아고 나사르는 주교의 배에서 들려오는 환호성에 이끌려 어둑어둑한 집 안을 성큼성큼 가로질렀다. 그가 새들이 잠든 주방의 새장들과 응접실에 있는 고리버들 가구들과 응접실에 매달린 양치류 화분들 사이를 통과하는 동안 디비나 플로르는 그에게 앞설 틈을 주지 않으려고 애쓰면서 서둘러 현관문을 열어 주러 갔다. 하지만 그녀가 문에서 빗장을 풀었을 때 굶주린 매처럼 억센 그의 손을 피할 수 없었다. "그가 내 음부를 덥석 움켜잡았어요." 디비나 플로르가 내게 말했다. "집 안 어느 구석이건 나와 단둘이 있게 되면 늘 그렇게 했지만 그날은 여느 때처럼 놀란 게 아니라 미칠 듯이 울고 싶더군요." 그녀는 그가 집을 나가도록 한쪽으로 비켜섰고 반쯤 열린 문 사이로 새벽 햇살을 받아 하얗게 변한 광장의 아몬드 나무들을 보았다.

하지만 그 밖의 다른 것을 쳐다볼 용기는 없었다. "그때 뱃고동 소리가 멎고 수탉들이 울어 대기 시작했어요. 울음 소리가 정말 소란스러웠는데, 마을에 그렇게 많은 닭이 있었는지 도저히 믿을 수 없어서 주교님의 배를 타고 온 것들이려니 생각했죠." 결코 자신의 남자가 될 수 없는 그를 위해 그녀가 할 수 있었던 단 한 가지 일은, 위급한 경우에 그가 다시 집으로 들어올 수 있도록 쁠라시다 리네로의 엄명을 어기고 현관문을 잠그지 않는 것이었다. 신원이 결코 밝혀지지 않은 누군가가 종이 한 장을 봉투에 넣어 문 밑으로 밀어 넣었는데, 그 종이에 그들이 산띠아고 나사르를 죽이기 위해 기다리고 있다는 사실과 그 외에도 살해 예정 장소와 동기, 그 음모에 관련된 기타 사항을 상세하게 밝혀 놓았다. 산띠아고 나사르가 집을 나설 때 그 봉투가 바닥에 떨어져 있었으나 그도 디비나 플로르도 어느 누구도 살인 사건이 벌어지고 한참 뒤까지 그것을 발견하지 못했다.

시계가 오전 6시를 알렸고 가로등은 여전히 불을 밝히고 있었다. 아몬드 나뭇가지와 일부 난간에는 여전히 결혼을 축하하는 색색의 화관들이 걸려 있어서 주교를 환영하려고 막 치장해 놓은 듯하다는 생각이 들 정도였다. 하지만 결혼식의 악단이 자리 잡았던 성당 정면 계단까지 보도

블록이 깔린 광장은 빈 병과 마을 잔치의 온갖 잔해로 쓰레기 더미를 이루고 있었다. 산띠아고 나사르가 집을 나섰을 때, 뱃고동 소리를 들은 사람 몇이 황급히 항구 쪽으로 뛰어가고 있었다.

광장에서 문을 연 가게라고는 성당 옆 우유 가게뿐이었고, 바로 그곳에서 남자 둘이 산띠아고 나사르를 죽이기 위해 기다리고 있었다. 여명 속에서 산띠아고 나사르를 제일 처음 목격한 가게 여주인 끌로띨데 아르멘따는 그가 알루미늄으로 만든 옷을 입고 있는 듯한 인상을 받았다. "벌써 유령처럼 보이더라니까." 그녀가 내게 말했다. 그를 죽이려는 남자들은 칼을 신문지로 둘둘 말아 가슴에 품은 채 가게 의자에 앉아 잠이 들었고, 끌로띨데 아르멘따는 그들이 깰까 봐 숨소리조차 죽이고 있었다.

쌍둥이의 이름은 뻬드로 비까리오와 빠블로 비까리오였다. 스물네 살로, 어찌나 똑같이 생겼는지 구별하기가 무척 어려웠다. "외모는 억세 보이지만 성품은 착한 듯했다." 수사 보고서에는 이렇게 기록되어 있었다. 초등학교에 다닐 때부터 그들을 알고 지낸 나도 그렇게 적었을 것이다. 그날 아침 그들은 전날 결혼식에서 입은 검은색 모직 정장을 그대로 입고 있었는데, 카리브 지역 기후에는 지나치게 두껍고 격식을 차린 복장이었다. 그들은 여러 시간을 힘들게 보낸 탓에 몹시 초췌해 보였지만 면도도 하고 미사에도 참석했다. 결혼식 전날 저녁부터 입에서 술을 떼지 않았건만 사흘째 되는 날은 그리 취하지 않았고, 그저 잠을 못 잔 몽유병자 같은 몰골을 하고 있었다. 그들은 끌로띨데 아르멘따의 가게에서 거의 세 시간을 기다리다가 첫새벽의 미풍에 잠이 들었는데, 이는 토요일 이후 처음으로 자는 것이었다. 첫 뱃고동 소리에도 채 잠이 깨지 않았으나 산띠아고 나사르가 자기 집에서 나왔을 때는 본능적으로 잠에서 깨어났다. 두 사람은 각자 신문지로 둘둘 말아 놓은 칼을 움켜쥐었고, 뻬드로 비까리오가 먼저 자리에서 일어났다.

"하느님, 사랑을 베풀어 주소서." 끌로띨데 아르멘따가 중얼거렸다. "이 친구들이 주교님께 경의를 표하는 뜻에서라도 일을 나중으로 미루면 좋겠는데, 이를 어쩌나."

"성령께서 입김을 한 번 불어넣으셨던가 봐." 나중에 그녀는 이 말을 몇 차례 되풀이했다. 실제로 하느님도 무심하지 않은 것 같았으나 그것도 잠시뿐이었다. 그녀의 말을 들은 비까리오 형제는 잠시 생각에 잠겼고, 먼저 자리에서 일어났던 뻬드로 비까리오가 다시 앉았다. 산띠아고 나사르가 광장을 가로지르기 시작하자 둘은 눈으로 그를 뒤좇았다. "연민 어린 눈으로 산띠아고 나사르를 바라보더군." 끌로띨데 아르멘따가 말했다. 그 순간 고아원 제복처럼 초라한 교복을 입은 수녀 학교 여학생들이 총총걸음으로 무질서하게 광장을 가로질러 갔다.

뺄라시다 리네로의 말이 옳았다. 주교는 배에서 내리지 않았다. 항구에는 관리들과 어린 학생들 외에도 많은 사람이 나와 있었고, 주교가 닭 볏 수프를 좋아한다는 이유로 주교에게 선물하려고 들고 나온 토실토실 살진 수탉들을 담은 광주리가 사방에 널려 있었다. 부두에는 두 시간은 족히 걸려야 다 선적할 만큼 장작 더미가 쌓여 있었다. 하지만 배는 서지 않았다. 용이 콧김을 내뿜듯 배가 씩씩거리며 강 굽이에 모습을 드러내자 악단이 주교 축가를 연주하기 시작했고, 수탉들이 광주리 속에서 울어 대기 시작하면서 마을의 다른 수탉들을 자극해 버렸다.

그 당시는 장작을 때서 움직이는 전설적인 외륜선의 모습이 사라져 갈 때였기 때문에 아직 운항 중이던 배 몇 척마저도 자동 피아노나 신혼부부용 특실을 없앴고, 강을 거슬러 항해하기는 거의 불가능했다. 하지만 이 배는 신형으로, 깃발이 완장처럼 빙 둘러 그려진 굴뚝은 하나가 아니라 둘이었으며 고물에 달린 나무 바퀴는 바닷배 특유의 강한 추진력을 냈다. 상부 갑판 선장실 옆에는 하얀 성의를 입은 주교가 스페인 출신 수행원들을 대동한 채 탑승해 있

예고된 죽음의 연대기 25

었다. "날씨가 꼭 크리스마스 때 같았어." 내 여동생 마르곳이 말했다. 그녀의 설명에 따르면, 항구 앞을 지나던 배가 뱃고동을 울리면서 압축된 증기를 뿜어 대는 바람에 배에서 가까운 곳에 서 있던 사람들이 흠뻑 젖어 버렸다는 것이다. 덧없이 사라져 버린 하나의 환영(幻影)이었다. 주교는 부두에 있던 군중 앞에서 허공에 십자가를 긋기 시작하더니 별다른 적의도 드러내지 않고 별다른 감동도 주지 못한 채 계속해서 기계적으로 십자가를 그어 댔고, 마침내 배는 시야에서 사라져 버렸으며, 남은 것이라고는 수탉 울음소리뿐이었다.

산띠아고 나사르가 배신감을 느낀 것은 당연했다. 그는 까르멘 아마도르 신부의 공공연한 권유에 따라 장작 몇 짐을 기부했고, 아주 먹음직스러운 볏을 가진 수탉 몇 마리도 직접 골라 가져왔다. 하지만 기분이 상한 것도 잠시뿐이었다. 당시 부두에 함께 있었던 마르곳의 눈에 그는 복용한 아스피린이 효력을 전혀 발휘하지 못했는데도 기분이 좋아 보였고, 파티를 계속할 여력이 있는 듯했다. "감기 기운이 있는 것 같지는 않았고, 오로지 결혼식 비용이 얼마나 들었는지 생각하고 있었어." 마르곳이 내게 말했다. 그들과 함께 있던 끄리스또 베도야가 일일이 숫자를 열거하자 그는 더욱더 놀라워했다. 산띠아고 나사르와 나와 더불어 새벽 4시가 조금 못 된 시각까지 피로연장에 머물렀던 *끄리스또 베도야*는 자기 부모님 집으로 자러 가지 않고, 할아버지 집으로 가서 밤새 얘기를 나누었다. 거기서 그는 피로연 비용이 얼마나 들었는지 계산하는 데 필요한 많은 정보를 들을 수 있었다. 그의 말에 따르면 결혼식에 초대된 손님 접대용으로 칠면조 마흔 마리와 돼지 열한 마리가 희생되었고, 신랑은 광장에 있던 사람들을 위해 송아지 네 마리를 잡아 통구이를 마련했다. 밀수품 술이 이백다섯 상자나 동났고, 군중에게 이천여 병에 이르는 사탕수수 럼주가 배분되었다. 마을이 생긴 이래 가장 성대하게 치러진 결혼식 잔치에 부자이건 가난한 사람이건 어떤 식으로든 참여하지 않은 사람은 단 한 명도 없었다. 산띠아고 나사르는 꿈을 꾸듯 소리쳤다.

"내 결혼식도 이렇게 치를 거야. 사람들이 평생을 얘기해도 모자랄 얘깃거리가 되도록 말이야."

그 말을 들은 내 여동생은 부러움에 할 말을 잃어버렸다. 살아가면서 그토록 많은 것을 누리고, 그것도 부족하다는 듯이 그해 크리스마스에는 산띠아고 나사르까지 차지하게 될 플로라 미겔의 행운에 대해 다시 한 번 더 생각해 보았다. "그 사람보다 더 훌륭한 신랑감은 있을 수 없다는 생각이 갑자기 들더라니까." 여동생이 내게 말했다.

"생각 좀 해 봐. 미남이고 점잖고, 스물한 살 나이에 그 정도 재산을 가지고 있었잖아." 내 여동생은 집에 유까 튀김이 있을 때면 늘 그를 아침 식사에 초대했는데, 마침 그날도 어머니가 유까 튀김을 만들고 있었다. 산띠아고 나사르는 기꺼이 초대에 응했다.

"옷 갈아입고 곧 따라갈게." 그는 이렇게 말하다가 말고 시계를 침대 사이드 테이블 위에 두고 온 것을 깨달았다. "지금 몇 시지?"

오전 6시 25분이었다. 산띠아고 나사르는 끄리스또 베도야의 팔짱을 끼며 광장으로 이끌었다.

"15분 이내로 너희 집에 도착할게." 산띠아고 나사르가 마르곳에게 말했다.

그녀는 아침 식사가 이미 다 차려져 있으니 당장 함께 가자고 우겼다. "특이하게도 고집을 부리더군." 끄리스또 베도야가 내게 말했다. "마르곳이 어찌나 우기던지, 그들이 산띠아고 나사르를 죽이려 한다는 걸 이미 알고서 그를 자네 집에다 숨기려 했다는 생각을 난 가끔 했어." 하지만 산띠아고 나사르는 송아지 몇 마리를 거세하러 일찍 엘 디비노 로스뜨로 목장에 가 봐야 하기 때문에 승마복으로 갈아입고 뒤따라 갈 테니 먼저 가 있으라고 그녀를 설득했다. 그는 자기 어머니에게 작별 인사를 할 때와 똑같은 방식으로 손을 흔들며 그녀와 헤어진 뒤 끄리스또 베도야의 팔짱을 끼고 광장으로 향했다. 그것이 그녀가 마지막으로 본 그의 모습이었다.

항구에 있던 사람들 가운데 많은 수가 그들이 산띠아고 나사르를 죽이려 한다는 사실을 알고 있었다. 군사학교에서 근무하고 명예롭게 전역한 대령으로 11년째 그곳 시장 직을 맡고 있던 돈 나사로 아뽄떼가 산띠아고 나사르에게 손으로 까딱 인사를 했다. "당시 내게는 그가 더 이상 위험하지 않다고 믿을 만한 내 나름대로의 근거가 있었네." 대령이 내게 말했다. 까르멘 아마도르 신부 역시 걱정하지 않았다. "그가 무사하다는 것을 내 눈으로 직접 확인하고는 모든 게 헛소문이라 생각했지." 신부가 내게 말했다. 모두 산띠아고 나사르가 그 사실을 절대 모를 리 없다고 생각했기 때문에 그에게 알려야 할 필요성을 느끼지 않았던 것이다.

사실 내 여동생 마르곳은 그들이 그를 죽이려 한다는 걸 미처 몰랐던 몇 안 되는 사람 가운데 하나였다. "만일 내가 그 사실을 알았더라면 그의 몸을 묶어서라도 우리 집으로 데려갔을 거예요." 그녀가 수사 판사에게 분명하게 밝혔다. 그녀가 몰랐다는 사실도 이상한 일이었지만 더 이상한 일은 내 어머니도 몰랐다는 것이었다. 사실 어머니는

그 사건이 발생하기 몇 년 전부터 문밖출입은커녕 미사에
도 참석하지 않았지만 우리 식구 어느 누구보다도 바깥소
식을 훤히 꿰뚫고 있었다. 나는 학교에 가려고 아침 일찍
일어나기 시작하면서부터 어머니의 그런 재능을 익히 알
고 있었다. 그 당시 뿌옇게 동이 트는 새벽녘이면 나뭇가
지로 만든 빗자루를 들고 늘 그렇듯 힘없는 모습으로 조용
히 집 마당을 쓸던 어머니는 우리가 잠들어 있는 동안 바
깥세상에서 일어난 일에 관해 커피를 한 모금 한 모금 들
이켜며 내게 들려주었다. 마을의 다른 사람들, 특히 같은
또래의 사람들과 소통하는 비밀스러운 끈을 가진 듯한 어
머니는 가끔 특별한 예지력이 아니고서는 도저히 알 수 없
는 소식들을 앞질러 들려주어 우리를 놀라게 했다. 하지만
그날 아침 어머니는 새벽 3시부터 꾸며지고 있던 비극의
고동을 감지하지 못했다. 내 여동생 마르곳이 주교를 맞이
하러 나왔을 무렵, 어머니는 집 마당을 다 쓸고 나서 튀김
을 만들기 위해 유까를 빻고 있었다. "수탉들이 울어 대는
소리가 들렸지." 어머니는 그날을 회고할 때마다 이렇게
말했다. 하지만 어머니는 멀리서 들려오는 소란스러운 소
리를 주교가 도착하는 것과 연관하지 않고서 그저 결혼식
피로연이 끝마무리에 이르렀다고 생각했다.

우리 집은 중앙 광장에서 꽤 멀리 떨어진 강변의 어느

망고 나무 숲 속에 있었다. 마르곳은 강둑을 걸어 항구까지 갔고, 사람들은 주교의 방문으로 너무 흥분한 나머지 다른 새로운 소식에는 관심이 없었다. 몸져누웠던 병자들이 하느님의 약을 받을 수 있도록 아치형 통로 맨 앞에 자리 잡게 하고, 여자들은 칠면조나 젖먹이 새끼 돼지 등 온갖 먹을거리들을 챙겨 각자의 마당에서 달려 나오고, 건너편 강가에서는 꽃으로 장식한 카누들이 노를 저어 오고 있었다. 하지만 주교가 그곳 땅에 발자국도 남기지 않은 채 지나가 버리자 그동안 억눌려 있던 다른 소문이 엄청난 크기로 부풀어 올랐다. 바로 그때 마르곳이 소문의 전모를 갑작스럽게 알게 되었다. 전날 결혼한 아름다운 신부 앙헬라 비까리오가 처녀가 아니라는 사실이 남편에게 발각되어 소박을 맞고 친정으로 쫓겨 왔다는 것이었다. "어찌나 기가 막히던지 죽고 싶은 심정이더군." 마르곳이 내게 말했다. "하지만 사람들이 제아무리 맘대로 해석하고 부풀렸다고 해도, 가엾은 산띠아고 나사르가 어떻게 해서 그처럼 복잡한 일에 말려들게 된 건지 나를 이해시킬 수 있는 사람은 아무도 없었어." 사람들이 알고 있던 단 한 가지 사실은 앙헬라 비까리오의 오빠들이 그를 살해하기 위해 기다리고 있다는 것뿐이었다.

　내 여동생은 울음을 참기 위해 입을 악다물고 집으로

돌아왔다. 어머니는 혹시 주교가 우리에게 인사를 하러 올까 싶어 일요일에 입는 파란 꽃무늬 정장을 차려입고 주방에서 식탁에 음식을 차리면서 애틋한 사랑을 묘사하는 파두*를 부르고 있었다. 여동생이 보니 식탁에 평소와 달리 자리 하나가 더 놓여 있었다.

"산띠아고 나사르가 앉을 자리야." 어머니가 여동생에게 말했다. "네가 그 애를 아침 식사에 초대했다더구나."

"치워 버려요."

그러고서 내 여동생은 어머니에게 그 이야기를 들려주었다. "하지만 어머니는 이미 알고 계셨던 것 같았어. 항상 그렇듯 어머니는 누군가 이야기를 시작해서 반도 채 끝내기 전에 그 이야기가 어떻게 끝날 건지 이미 다 아셨으니까." 그 나쁜 소식은 어머니에게는 참으로 곤란한 문제였다. 산띠아고 나사르라는 이름은 어머니의 이름을 따서 붙여 준 것이었고** 게다가 어머니는 그의 대모였지만, 소박맞은 신부의 어머니인 뿌라 비까리오와도 피를 나눈 친

---

* Fado. 'fatum(숙명)'이라는 라틴 어에 어원을 둔 포르투갈의 민속악. 단조롭지만 애조 띤 선율을 통해 이루지 못할 사랑, 이별, 죽음 같은 것을 표현한다.
** 바로 뒤에 언급되는 것처럼, 화자 어머니의 이름은 '루이사 산띠아가'다. '산띠아고'는 '산띠아가'의 남성형이다.

척이었던 것이다. 그런데도 어머니는 그 소식을 마저 다 듣기도 전에 문상을 갈 때만 두르는 미사포를 착용하고 굽 높은 구두를 신고 외출할 채비를 했다. 침대에 누운 채 이 야기를 다 들은 아버지는 파자마 차림으로 주방에 나와서 는 놀란 표정을 지으며 도대체 어디에 갈 거냐고 물었다.

"뻘라시다 대모님*에게 이 일을 알려서 주의를 시켜야 겠어요. 아들을 죽이려 한다는 걸 다른 사람들은 다 아는 데 정작 대모님만 모른다는 건 옳지 않잖아요."

"우리는 그 집안뿐만 아니라 비까리오 집안과도 무척 가까운 사이잖소."

"언제나 죽게 된 사람 편을 드는 게 도리예요."

내 동생들이 각자의 방에서 나왔다. 어린 동생들은 그 비극의 미세한 징조를 알아차리고는 눈물을 터뜨렸다. 그 때 어머니는 평생 처음으로 자식들을 거들떠보지도 않았 고, 남편의 말에도 전혀 신경을 쓰지 않았다.

"옷 좀 입을 테니 기다려요."

하지만 어머니는 어느새 집 밖에 나가 있었다. 그때 일 곱 살밖에 되지 않은 동생 하이메만이 학교에 가려고 옷을

* 산띠아고 나사르의 대모인 화자의 어머니는 산띠아고 나사르의 어머 니를 대모라 부를 수 있다.

입은 상태였다.

"네가 엄마랑 함께 가거라."

하이메는 무슨 일 때문인지, 어디에 가는지도 모른 채 어머니를 뒤따라가 어머니의 손을 잡았다. "어머니는 혼 잣말을 하시며 걸어가셨어요." 하이메가 내게 말했다. "어 머니는 비열한 놈들이라고, 끔찍한 짓 말고는 아무것도 할 줄 모르는 더러운 짐승 같은 놈들이라고 낮은 목소리로 되 뇌셨죠." 당시 어머니는 어린 자식의 손을 잡고 있다는 것 조차 의식하지 못했다. "사람들은 내가 미친 줄 알았을 게 다." 어머니가 내게 말했다. "기억나는 거라곤 결혼 잔치 가 다시 시작되기라도 한 것처럼 멀리서 수많은 사람이 떠 들어 대는 소리가 들리고, 사람들이 모두 광장 쪽으로 뛰 어가던 것뿐이야." 어머니가 어떤 사람의 목숨이 위태로 운 지경에 처했을 때 드러낼 수 있는 단호한 태도로 발걸 음을 재촉할 때, 마침내 어머니와 반대 방향으로 뛰어가던 누군가가 제정신이 아닌 어머니에게 동정하듯 말했다.

"공연히 애쓰지 마세요, 루이사 산띠아가 아주머니. 그 들이 이미 그를 죽였어요."

2

신부를 친정으로 쫓아 보낸 남자 바야르도 산 로만은 결혼식 전해 8월 이 마을에 처음으로 모습을 나타냈다. 결혼식이 거행되기 여섯 달 전이었다. 매주 입항하는 정기선을 타고 온 그는 말안장 좌우에 매다는 은장식 가방들을 들고 있었는데, 그 가방들이 혁대의 버클, 장화의 고리들과 잘 어울렸다. 서른 살 가량인 듯했지만, 신참 투우사처럼 늘씬한 허리에 황금빛 눈, 햇볕에 은근하게 그을린 멋진 구릿빛 피부 때문에 제 나이로 보이지 않았다. 그는 진짜 송아지 가죽으로 만든 짧은 웃옷과 몸에 착 달라붙는 바지를 입고, 같은 색 염소 가죽 장갑을 끼고 있었다. 그와 같은 배를 타고 왔던 막달레나 올리베르는 그곳까지 오면서 그에게서 잠시도 눈을 뗄 수 없었다. "마리까* 같았어요. 버터를 발라 산 채로 먹을 수도 있었는데, 아쉬웠죠." 그녀만이 그런 생각을 한 것도 아니었고, 그녀가 바야르도 산 로만이라는 인물은 초면에 정확하게 파악할 수 없는 사람이라는 사실을 맨 마지막으로 깨달은 사람도 아니었다.

8월 말경에 어머니가 내게 학교로 보낸 편지에 대수롭지 않게 쓴 추신에는 이런 말이 적혀 있었다. "아주 특이한 남자 하나가 왔단다." 그다음에 보낸 편지에는 이렇게 썼다. "그 특이한 남자 이름은 바야르도 산 로만인데, 모두 그를 매력적인 남자라고 하지만 난 아직 그를 보지 못했어." 그가 마을에 온 이유는 아무도 몰랐다. 결혼식이 있기 얼마 전 호기심을 이기지 못한 어떤 사람이 바야르도 산 로만에게 물었을 때 그가 대답했다. "신붓감을 찾아 이 마을 저 마을 돌아다니던 중이었습니다." 그 말이 진짜일 수도 있었지만, 사실을 밝히기보다는 뭔가를 은폐하는 듯한 그의 말투로 판단하건대 다른 질문에도 같은 식으로 대답했을 것 같았다.

그는 마을에 도착한 날 밤 영화관에서 자신을 철도 기술자라고 소개한 뒤 우리가 변덕스러운 강 길보다 더 빠

---

* marica. 동성애 남자 중 여성스러운 사람을 말한다.

른 운송로를 확보하기 위해서는 하루빨리 내륙까지 철도를 건설해야 한다고 역설했다. 이튿날 전보를 쳐야 할 일이 생기자 전신국에 가서 직접 전신기를 조작했고, 전신 기사에게는 다 닳은 건전지를 계속 사용할 수 있는 비법을 가르쳐 주기도 했다. 복무 기간 동안 그 지역을 돌아다니던 군의관과는 전방의 질병에 관해 예의 자신만만한 어투로 대화했다. 그는 오랫동안 계속되는 떠들썩한 파티를 좋아했지만, 술을 절도 있게 마시고 싸움도 곧잘 중재하고 카드 게임에서 허튼 수작을 부리는 사람들을 증오했다. 어느 일요일에는 미사가 끝난 뒤 여러 수영 고수와 강을 왕복하는 시합을 벌여 2위 그룹을 팔 길이 스무 배 정도 차이로 제치고 1등을 하기도 했다. 어머니는 어느 편지에 그 이야기를 적어 보내면서 편지 말미에 아주 어머니다운 논평을 달았다. "황금 속에서 헤엄치고 있는 것 같기도 하더구나." 바야르도 산 로만이 무슨 일에든 능통하고 엄청난 재산까지 가졌으리라는 설익은 풍문을 언급한 것이었다.

어머니는 10월에 쓴 어느 편지에서 그에게 마지막 축복을 보냈다. "정직하고 사근사근한 데다 지난 일요일에는 무릎을 꿇은 채 영성체를 하고 라틴 어 미사를 도와주었기 때문에 사람들이 그를 무척 좋아한단다." 그 시절에는 서서 영성체를 하는 것이 허용되지 않았고 미사 중 모든 의

례가 라틴 어로 진행되었지만, 어머니는 문제의 핵심으로 들어가고자 할 때는 늘 그런 쓸데없는 사항들을 아주 구체적으로 언급했다. 그런데도 그 신성한 판결문을 써 보낸 이래 어머니가 내게 보낸 편지 두 통에서는 바야르도 산 로만에 관한 이야기가 전혀 없었다. 그가 앙헬라 비까리오와 결혼하고 싶어 한다는 소문이 파다하게 퍼진 뒤에도 마찬가지였다. 그 불행한 결혼식이 치러진 지 오랜 시간이 흐른 뒤에야 비로소 어머니는 10월에, 내게 보낸 편지 내용을 정정하기에는 너무 늦었을 때, 그의 사람됨을 제대로 알게 되었노라고, 그의 황금빛 눈길과 마주치면 섬뜩한 느낌에 몸서리가 났노라고 내게 고백했다.

"악마처럼 보이더구나. 하지만 네가 그런 얘기를 편지에 쓰면 안 된다고 해서 쓰지 않았다."

나는 어머니가 그를 안 지 얼마 되지 않아 크리스마스 방학 때 집에 다니러 왔다가 그를 보았는데, 듣던 바와는 달리 그리 특이한 사람이 아니었다. 사실 그는 매력적이었으나 막달레나 올리베르가 묘사한 부드럽고 멋져 보이는 이미지와는 거리가 멀었다. 사람들이 흔히 그의 기묘하고 요란스러운 행동거지로 판단하는 것보다 진지한 인물 같았고, 지나치게 점잖게 행동했지만 긴장감은 온전히 가려지지 않은 채 은밀하게 드러났다. 하지만 무엇보다도 내 눈에는 그가 무척 슬픈 사람으로 보였다. 그 당시 그는 앙헬라 비까리오를 사랑한다는 사실을 이미 공공연하게 드러내 놓았다.

두 사람이 만나게 된 과정은 결코 확실하게 알려지지 않았다. 바야르도 산 로만이 묵던 남자 전용 하숙집 여주인의 말에 따르면, 9월 말 그가 응접실 흔들의자에 앉아 낮잠을 자고 있을 때 앙헬라 비까리오와 어머니가 조화 바구니 두 개를 들고 광장을 가로질러 간 일이 있었다. 그때 잠이 반쯤 깬 바야르도 산 로만은 인적이 끊긴 오후 2시의 늪지 같은 광장을 검디검은 옷을 입고 가로질러 가는 두 여자를 보고 젊은 여자가 누구냐고 물었다. 하숙집 여주인은 함께 가는 여자의 막내딸로, 이름이 앙헬라 비까리오라고 알려 주었다. 그는 모녀가 광장 반대편에 이를 때까지 눈을 떼지 못했다.

"이름이 아주 잘 어울리는군요."*

그러고서 그는 흔들의자 등받이에 머리를 기댄 채 다시 눈을 감았다.

"제가 잠에서 깨어나거든 그 아가씨와 결혼할 거라는

---

* '앙헬라(Angela)'는 '천사(Ángel)'를 의미하는데, 바야르도 산 로만이 앙헬라에게서 천사 같은 이미지를 포착했을 수도 있다.

걸 상기시켜 주세요."

앙헬라 비까리오는 바야르도 산 로만이 자기에게 구애하기 전에 하숙집 여주인이 그 얘기를 귀띔해 주었노라고 내게 말했다. "난 정말 깜짝 놀랐어." 그녀가 내게 말했다. 당시 그 하숙집에 있던 세 사람은 실제로 그런 일이 있었다고 했으나, 다른 네 사람은 잘 모르겠다고 했다. 반면에 모든 사람이 바야르도 산 로만과 앙헬라 비까리오가 처음 만난 것은 10월의 국경일에 그녀가 추첨권 당첨 번호를 호명하기로 한 어느 바자회였다고 견해를 같이했다. 바자회가 열리는 곳으로 간 바야르도 산 로만은 행사장에서 온몸을 상복으로 가린 채 힘없이 행사를 진행하는 아가씨에게 곧장 다가갔다. 그러고는 단연 그 바자회에서 가장 매력적인 물건임이 분명해 보이는 자개 문양이 새겨진 자동 전축의 값을 물었다. 그녀는 파는 물건이 아니라 추첨권 당첨 상품이라고 대답했다.

"더 잘됐네요. 더 쉽게, 더 싼값에 가질 수 있겠군요."

그녀는 바야르도 산 로만이 자기에게 강렬한 인상을 주기는 했지만 사랑의 감정에서 비롯한 것과는 전혀 다른 이유 때문이었노라고 내게 고백했다. "나는 거만한 남자를 싫어하는데, 그렇게 거드름을 피우는 사람은 난생 처음 봤어." 그녀가 그날을 떠올리며 내게 말했다. "더군다나 난 그가 폴란드 사람일 거라 생각했거든." 모두가 고대하는 가운데 그녀가 자동 전축의 추첨 번호를 발표했는데, 당첨 자가 다름없는 바야르도 산 로만으로 밝혀졌을 때 그녀의 반감은 더욱더 커졌다. 그가 오직 그녀의 마음을 사로잡기 위해 추첨권을 몽땅 사 버렸다는 사실을 그녀는 상상조차 할 수 없었던 것이다.

그날 밤, 그녀가 집에 돌아와 보니 선물용 포장지로 싸고 오건디 리본으로 장식한 자동 전축이 놓여 있었다. "그 날이 내 생일인 걸 그 사람이 어떻게 알아냈는지 정말 모르겠더군." 그녀는 자신이 바야르도 산 로만에게 그런 선물을 보낼 만한 빌미를 전혀 제공하지 않았다는 사실을 부모님에게 납득시키기가 매우 힘들었고, 더욱 곤란했던 점은 그렇게 노골적으로 선물을 보내왔으니 남들에게 들키지 않고 넘어가기가 무척 어려워졌다는 것이었다. 그래서 그녀의 쌍둥이 오빠 뻬드로와 빠블로는 자동 전축을 원주인에게 되돌려주기 위해 그가 머물던 호텔로 찾아갔다. 쌍둥이 형제가 어찌나 민첩하게 행동했던지 그들이 호텔로 들어가서 나오지 않았다는 사실을 눈치 챈 사람은 아무도 없었다. 그동안 비까리오 가족이 헤아리지 못했던 유일한 사실은 바야르도 산 로만이 거부할 수 없는 매력의 소유자라는 것이었다. 쌍둥이 형제는 이튿날 새벽녘이 되어서야 비로소 술에 절어 혼미한 정신 상태로 다시 자동 전축을 들고 집으로 돌아왔으며, 집에서 계속 술 파티를 벌일 셈으로 바야르도 산 로만을 데려오기까지 했다.

앙헬라 비까리오는 가난한 집안의 막내딸이었다. 아버지 뽄시오 비까리오는 주로 가난한 사람들의 금은붙이를 세공하던 사람으로, 가게의 명예를 지키기 위해 세밀한 세공 일을 과도하게 하는 바람에 결국 시력을 잃고 말았다. 어머니 뿌리시마 델 까르멘*은 결혼하기 전에 교사였다. 온화하고 몹시 애잔해 보이는 얼굴 탓에 겉으로는 강인한 성격이 거의 드러나지 않았다. "수녀 같은 분이셨죠." 아내 메르세데스는 그녀를 이렇게 기억했다. 그런 희생정신으로 남편을 보살피고 자식들을 키우는 데 헌신했기 때문에 사람들은 가끔 그녀가 여전히 살아 있는지조차 잊어버릴 지경이었다. 큰딸과 둘째 딸은 아주 늦게 결혼했다. 쌍둥이 형제 밑으로 얻은 가운데 딸이 한밤중에 고열에 시달리다 죽어 버려 2년이 지나도록 상복을 입고 지냈는데, 집안에서는 상복 입는 것을 그리 엄격하게 지키지 않았지만

---

* Purísima del Carmen. 그녀의 원래 이름인데, 이 소설에서는 대부분 뿌라 비까리오(Pura Vicario)로 나온다. '뿌리시마(Purísima)'는 '정결한 여자'를 의미하는 '뿌라'의 최상급이므로, 뿌리시마와 뿌라는 동일한 이름이다.

밖에 나갈 때는 반드시 지켰다. 아들들은 남자답게 키웠다. 딸들은 현모양처가 되도록 교육했다. 자수를 하고, 재봉틀질을 하고, 레이스를 뜨고, 세탁을 하고, 다림질을 하고, 조화를 만들고, 장식용 사탕을 만들고, 약혼식 초대장 쓰는 법을 배우고 익혔다.

죽음에 관련된 의식을 소홀히 하던 당시의 아가씨들과는 달리, 네 딸은 병자를 간호하고 죽어 가는 사람의 임종을 지키고 망자에게 수의를 입히는 것 같은 전통 예법에 관한 전문가들이었다. 내 어머니가 나무라던 단 한 가지 결점은 딸들이 잠자기 전에 머리를 빗는다는 것이었다. "애들아." 내 어머니가 가끔 그 딸들에게 말했다. "여자가 밤에 머리를 빗으면 뱃사람들이 항해를 제대로 못 하는 법이니 빗지 마라." 어머니는 그 점을 제외하면 그처럼 잘 키운 딸들이 없다고 생각했다. "완벽한 아가씨들이야." 어머니는 자주 이렇게 말했다. "저토록 참을성 많게 키워 놓았으니, 어떤 남자든 저런 색시를 얻으면 참 행복할 게다." 하지만 위 두 딸과 결혼한 남편들은 항상 붙어 지내는 자매를 떼어 놓기가 무척 어려웠는데, 자매가 어디를 가든지 함께 다니고 여자들끼리만 춤 파티를 열고 남자들의 꿍꿍이속을 속속들이 알아맞히는 재주를 가졌기 때문이었다.

어머니는 네 딸 가운데 가장 예쁜 앙헬라 비까리오가 역사에 등장하는 위대한 여왕들처럼 탯줄을 목에 감고 태어났다고 말했다. 하지만 매사에 자포자기하는 듯한 분위기를 풍기고 활기가 부족한 모습은 그녀의 미래가 순탄하지만은 않을 거라는 느낌을 주었다. 나는 매년 크리스마스 방학 때마다 그녀를 보았는데, 오후면 자기 집 창문 곁에 앉아 헝겊으로 꽃을 만들고 이웃 여자들과 어울려 미혼녀에 관한 노래를 부르는 모습이, 볼 때마다 점점 더 무기력하고 곤궁해지는 것 같았다. "철사에 걸린 옷처럼 매가리가 없어 보이더구나." 산띠아고 나사르가 가끔 내게 말했다. "바보 같은 네 사촌 누이 말이야." 그녀의 언니가 죽기 바로 전, 어른처럼 옷을 갖춰 입고 파마머리를 한 그녀와 어느 거리에서 갑작스레 처음으로 맞닥뜨렸을 때 나는 그녀를 제대로 알아보지 못했다. 하지만 그녀가 그런 모습을 보여 준 것은 그때뿐이었다. 특유의 무기력한 모습은 세월이 가면서 더욱 심해졌다. 너무나 맥이 빠져 있었기 때문에 바야르도 산 로만이 그녀와 결혼하고 싶어 한다는 사실이 알려졌을 때 많은 사람이 그 결혼은 그 외지인의 간계로 이루어지는 것이라고들 생각했다.

그녀의 가족은 혼담을 진지하게 받아들였고 잔뜩 들뜨기까지 했다. 어머니 뿌라 비까리오만은 바야르도 산 로만이 자기 신분을 제대로 밝혀야 한다는 단서를 붙였다. 그 때까지 그가 누구인지 제대로 아는 사람은 아무도 없었다. 그의 과거는 배우 같은 차림새로 배에서 내리던 그날 오후 이전으로 거슬러 올라가지 못했고, 그가 자기 신원에 대해 서는 좀처럼 입을 열지 않았기 때문에 사람들은 가장 터무 니없는 헛소문도 사실로 여겼다. 그가 어느 부대의 지휘관 으로서 까사나레의 부락들을 휩쓸어 공포의 도가니로 몰 아넣었고, '악마의 섬' 까예나에서 도망쳐 나오기도 했고, 페르남부꼬에서 훈련된 곰 한 쌍을 키우는 모습이 사람들 눈에 띄기도 했으며, 금을 싣고 가다 '바람의 해협'에서 침 몰한 스페인 갈레온선을 인양하기도 했다는 말까지 나돌 기에 이르렀다. 바야르도 산 로만은 단 한 가지 방법으로 모든 억측에 종지부를 찍었다. 자신의 온 가족을 한꺼번에 이곳으로 데려와 버렸던 것이다.

가족은 모두 넷이었다. 아버지, 어머니, 그리고 몹시 도 발적인 여동생 둘이었다. 그들은 관용차 번호판을 단 포드 자동차의 모델 T를 타고 도착해 요란한 경적 소리를 내면 서 오전 11시의 거리에 소동을 일으켰다. 어머니 알베르따 시몬즈는 쿠라사오 출신의 흑백 혼혈 글래머로, 여전히 파 피아멘토 어가 뒤섞인 스페인 어를 사용했는데 젊었을 때 안띠야스 제도 미인 이백 명 가운데 가장 아름다운 미인으로 뽑히기도 했다. 갓 피어오른 두 딸은 흥분한 암망아지 같았다. 하지만 가장 관심을 끈 사람은 아버지였다. 그는 지난 세기에 벌어진 내란의 영웅이자 뚜꾸린까 전투에서 아우렐리아노 부엔디아 대령에게 승리하여 보수당 정권의 자랑스러운 인물 가운데 하나로 자리 잡은 뻬뜨로니오 산 로만 장군이었다. 그가 누군지 알고서도 그에게 인사하러 나가지 않은 사람은 내 어머니뿐이었다. "두 사람이 결혼 하는 건 아주 좋아 보이더라. 하지만 그건 그것이고 헤리 넬도 마르께스의 등에 총을 쏘라고 명령한 인간과 악수한 다는 건 전혀 다른 문제였다." 장군이 자동차 창문으로 상 체를 드러낸 채 흰 모자를 흔들어 댔을 때 찍은 사진들이 워낙 잘 알려져 있었기 때문에 다들 그를 알아보았다. 그 는 밀 색 리넨 정장 차림에 끈으로 묶는 꼬르도바식 부츠 를 신고, 콧마루에 거는 금테 안경을 꼈는데 안경은 조끼 의 단춧구멍과 고리로 연결되어 있었다. 옷깃에는 무공 훈 장을 차고, 국가 문장이 손잡이에 새겨진 지팡이를 들었 다. 우리의 열악한 도로를 달려오느라 먼지를 잔뜩 뒤집어 쓴 차에서 제일 먼저 내린 사람이 바로 그였는데, 그가 했 던 일이라고는 바야르도 산 로만이 어떤 여자든 자신이 원 하는 여자와 결혼할 거라는 점을 모두에게 일깨워 주기 위 해 차를 몰고 온 것뿐이었다.

바야르도 산 로만과 결혼하기를 원치 않았던 사람은 앙헬라 비까리오 자신이었다. "내겐 너무 과분한 사람 같았어." 그녀가 내게 말했다. 더구나 바야르도 산 로만은 그녀에게 구애하려는 시도 같은 건 전혀 하지 않았고, 대신 자신의 매력으로 그녀의 가족을 현혹했다. 앙헬라 비까리오는 부모님과 언니, 형부들이 거실에 모여 앉아 그녀가 제대로 본 적도 없는 남자와 결혼할 것을 강요하던 그날 밤에 느낀 두려움을 결코 잊지 못했다. 그때 쌍둥이 형제는 의견을 개진하지 않았다. "우린 그저 여자들 문제라고만 생각했거든." 빠블로 비까리오가 내게 말했다. 부모님은 자신들처럼 가난한 집안은 운이 좋아 굴러 들어온 그런 복을 차 버릴 권리가 없다고 강경하게 주장했다. 앙헬라 비까리오가 사랑 없이 하는 결혼은 힘든 법이라고 넌지시 의중을 드러냈지만, 그녀의 어머니는 단 한마디로 일축해 버렸다.

"사랑 또한 배우면 되는 거란다."

그 당시는 약혼자들이 주위 사람들의 보살핌을 받으며 약혼 기간을 길게 가지는 것이 관례였지만, 그들의 경우 바야르도 산 로만이 급하게 서두르는 바람에 약혼 기간은 4개월뿐이었다. 뿌라 비까리오가 죽은 딸의 상이 끝날 때까지 기다려야 한다고 주장했기 때문에 더는 단축할 수 없는 문제였다. 하지만 그 기간에 바야르도 산 로만이 도저히 거부할 수 없는 방법들을 동원해 결혼식에 필요한 일을 처리해 가고 있었기 때문에 4개월이라는 시간은 별 걱정 없이 흘러갔다. "어느 날 밤 그가 어느 집이 제일 맘에 드는지 묻더군. 그래서 나는 영문도 모른 채 그저 홀아비 시우스의 농장 집이 마을에서 제일 예쁘다고 말했어." 나였더라도 같은 대답을 했을 것이다. 바람이 잘 통하는 언덕에 위치한 그 집 테라스에서는 자줏빛 아네모네가 늪지를 뒤덮은 끝없이 이어진 천국이 보이고, 맑게 갠 여름에는 카리브 해의 선명한 수평선과 까르따헤나 데 인디아스 항에 떠 있는 대서양 횡단 여객선들이 보였다. 바로 그날 밤 바야르도 산 로만은 사교 클럽으로 가서 홀아비 시우스가 앉은 테이블에 합석해 도미노 게임을 했다.

"영감님, 영감님 집을 사겠습니다."

"난 그 집을 내놓지 않았소."

"집 안 물건까지 몽땅 사겠습니다."

홀아비 시우스는 자기 집 물건은 평생 희생적으로 살다 간 아내가 애써 모은 것들로 자신에게는 여전히 그녀의 일부나 마찬가지라고 예의바르고도 교양 있게 설명했다. "홀아비 시우스는 정말 진심으로 말했지. 나는 홀아비 시우스가 30년 이상이나 행복하게 살아온 자기 집을 파느니

차라리 그 전에 죽어 버리고 싶어 할 거라 생각했어." 그들과 함께 도미노 게임을 했던 의사 디오니시오 이구아란이 내게 말했다. 바야르도 산 로만도 시우스가 한 말을 이해했다.

"알겠습니다. 그렇다면 살림살이는 빼고 집만 파시죠."

하지만 홀아비 시우스는 게임이 끝날 때까지 그의 제안을 받아들이지 않았다.

사흘 밤이 지난 뒤, 바야르도 산 로만은 준비를 좀 더 단단히 하고 다시 도미노 게임 탁자에 나타났다.

"영감님." 그가 다시 시작했다. "집값이 얼마죠?"

"값을 매길 수 없소이다."

"원하시는 대로 말씀해 보세요."

"미안하오, 바야르도. 하지만 당신네 젊은이들은 사람의 속마음을 제대로 이해하지 못해."

바야르도 산 로만은 생각하고 말 것도 없었다.

"5000페소로 하시죠."

"그렇게 변죽을 울릴 필요는 없소." 자존심이 상한 노인이 대꾸했다. "그 집은 그만한 값어치가 없어요."

"1만 페소 내겠습니다. 지금 당장, 빳빳한 현금으로 전액을 지불하겠습니다."

홀아비는 눈물이 그렁그렁한 눈으로 그를 쳐다보았다.

"그는 분노를 못 이겨 울었네." 의사이자 작가인 디오니시오 이구아란이 내게 말했다. "생각 좀 해 보게. 그만한 돈이 수중에 들어오는데 단지 마음이 약해서 싫다고 해야 하니 말일세." 홀아비 시우스는 목이 메어 말도 제대로 할 수 없었으나 고개를 가로저어 단호하게 거절했다.

"그럼, 마지막으로 제 부탁 한 가지만 들어주세요." 바야르도 산 로만이 말했다. "여기서 5분만 기다려 주십시오."

정확히 5분 뒤에 그는 말 안장 좌우에 매다는 은장식 가방을 들고 사교 클럽에 돌아와서는 국립 은행에서 인쇄한 띠에 그대로 묶인 새 1000뻬소짜리 지폐 열 다발을 탁자에 올려놓았다. 홀아비 시우스는 두 달 뒤 세상을 떠났다. "그 일 때문에 죽은 거야." 의사 디오니시오 이구아란이 말했다. "그는 우리보다 더 건강했지만, 청진기로 들어 보면 그의 가슴속에서 눈물이 솟구치는 소리를 들을 수 있었다네." 하지만 노인은 집과 살림살이마저 죄다 팔아 버리는 바람에 그 많은 위자료를 넣을 만한 낡은 트렁크 하나 제대로 남지 않아 바야르도 산 로만에게 돈을 조금씩 나눠 달라고 했다.

앙헬라 비까리오가 처녀가 아니라고 생각할 만한 사람은 아무도 없었고, 그런 말을 하는 사람도 없었다. 그녀는 애인 하나 둔 적이 없었고, 무쇠처럼 강한 어머니로부터 엄격한 교육을 받으며 언니들과 함께 자랐다. 결혼식이 채 두 달도 남지 않았을 때도 뿌라 비까리오는 딸의 정조를 지키기 위해 딸과 바야르도 산 로만이 단둘이서만 신혼집을 보러 가는 것을 허락하지 않고서 그녀 자신이 눈먼 남편과 함께 직접 따라갈 정도였다. "내가 하느님께 빌던 단 한 가지 소망은 자살할 용기를 달라는 것이었어." 앙헬라 비까리오가 내게 말했다. "하지만 하느님께서는 그런 용기조차 주시지 않았지." 너무나도 괴로운 나머지 그녀가 그 순교 행위에서 벗어나기 위해 어머니에게 진실을 고백하기로 결심했을 때, 창문 곁에서 헝겊으로 조화 만드는 일을 거들던 단 두 명밖에 없는 내밀한 친구들이 그녀의 현명한 생각에 제동을 걸었다. "그 두 친구가 자신들은 남자를 속이는 데 전문가라며 나를 꼬드겼기 때문에 나는 무작정 친구들 말에 따랐어." 그녀가 내게 말했다. 그 친구들은 거의 모든 여자가 어릴 때 우발적으로 처녀성을 잃는다고 그녀를 안심하게 했다. 아무리 까다로운 남편이라고 해도, 뭐가 됐든, 다른 사람이 모르는 이상 결국은 체념하고 만다고 주장했다. 마침내 그 친구들은 남자들 대다수가 첫날밤 여자의 도움 없이는 아무 일도 할 수 없을 정도로 두려워하고 긴장하기 때문에 진실이 밝혀지는 순간에도 자신들의 생각을 확신할 수 없는 법이라고 그녀를 설득했다. "남자들이 믿는 거라곤 시트에서 볼 수 있는 것뿐이야." 친구들이 그녀에게 말했다. 친구들은 후견인으로서, 결혼하기 전에 처녀성을 상실해 버렸다는 사실을 위장하기 위해서는 첫날밤을 지낸 다음 날 아침 집 마당에 정조를 상징하는 얼룩이 묻은 리넨 시트를 활짝 펴서 햇볕에 말려야 한다는 둥, 자신들이 아는 속임수를 그녀에게 전수했다.

그녀는 그렇게 될 거라는 생각을 품은 채 결혼했다. 결혼 축하 파티 계획이 무르익어 갈수록 바야르도 산 로만은 파티를 더욱더 거창하게 벌이려는 광적인 생각에 사로잡혔던 것으로 보아, 그 역시 자신의 엄청난 권세와 부로 행복을 살 수 있을 거라는 환상을 품은 채 결혼한 게 틀림없었다. 그는 주교가 방문할 거라는 소식을 듣고 주교가 자신들의 혼배 성사를 집전할 수 있도록 결혼식을 하루 늦춰 보려 애를 썼으나 앙헬라 비까리오가 반대했다. "사실 난 수탉 볏만 잘라 수프를 만들고 나머지는 쓰레기통에 버리는 사람에게 축복을 받고 싶은 생각이 없었거든." 주교의 축복도 받을 수 없는 결혼식이었지만 파티는 제어하기가 몹시 어려운 자체적인 힘 하나를 얻어 바야르도 산 로만 자신도 미처 손을 쓸 수 없을 정도로 거창해져 버렸고 결국 온 마을 잔치가 되고 말았다.

뻬뜨로니오 산 로만 장군과 가족은 이번에는 국회의 의전용 배를 타고 도착했다. 배는 축하 파티가 끝날 때까지 부두에 정박했고, 수많은 저명인사가 그들과 함께 왔지만 새로운 얼굴들이 떠들썩하게 붐비는 통에 사람들 눈에 제대로 띄지도 못했다. 선물을 어찌나 많이 가져왔던지, 과거에 발전소로 쓰던 곳을 수리해 그중 값나가는 선물들을 진열하고, 나머지는 이미 신혼부부를 맞이할 준비가 된 홀아비 시우스의 집으로 즉시 날랐다. 신랑은 제조 회사 마크 밑에 고딕체로 그의 이름이 새겨진 컨버터블 승용차 한 대를 선물로 받았다. 신부는 24인용 순금 식기 세트가 담긴 상자를 선물로 받았다. 또 발레단 하나와 왈츠 오케스트라단 둘도 초청했는데, 그들은 흥청망청 요란스러운 잔치가 벌어진다는 소문을 듣고 고무되어 그곳으로 찾아온 그 지역 악단들, 모든 관악대, 아코디언 연주자들과는 도무지 어울리지 않았다.

비까리오 가족의 집은 벽돌담에 종려나무로 지붕을 이어 초라했다. 지붕 밑에 있는 두 개의 다락방에는 1월이면 제비가 알을 낳아 새끼를 치려고 둥지를 틀었다. 집 앞면에는 화분이 거의 다 차지한 테라스가 있고, 닭을 놓아 먹이고 과일 나무들이 자라는 넓은 마당이 있었다. 마당

맨 끝에는 쌍둥이 형제가 돼지를 도살할 때 쓰는 돌, 내장을 빼낼 때 쓰는 탁자가 놓인 돼지우리가 있었고, 이는 아버지 뽄시오 비까리오가 장님이 된 뒤 가족의 든든한 살림 밑천 노릇을 했다. 돼지를 키워 도살하는 일은 뻬드로 비까리오가 시작했으나 그가 입대하자 쌍둥이 형제 빠블로도 이 일을 배웠다.

집은 비좁아 그 집 식구가 간신히 살 수 있을 정도였다. 그런 실정이었기 때문에 결혼식이 어느 정도 규모로 진행될 것인지 알게 된 앙헬라 비까리오의 언니들은 다른 집을 빌려 보려고 애를 썼다. "생각 좀 해 봐." 앙헬라 비까리오가 내게 말했다. "언니들은 쁠라시다 리네로의 집을 빌리려고 했지만, 다행히 부모님께서는 평소 주장하시던 대로 우리 딸들은 집이 제아무리 누추해도 집에서 결혼을 해야지, 그렇지 않으면 결혼하지 말아야 한다고 고집을 부리셨어." 그래서 집을 원래의 노란색으로 다시 칠하고 문을 똑바로 달고, 마루를 고친 끝에 떠들썩한 결혼식 하나를 치를 수 있을 정도가 되었다. 쌍둥이 형제가 돼지들을 다른 데로 옮기고 돼지우리를 생석회로 소독했지만, 집은 여전히 비좁았다. 마침내 바야르도 산 로만이 애를 쓴 결과 마당 울타리를 부숴 버리고 이웃집 몇 채를 무도장으로 빌렸으며, 무성한 타마린드 나무 아래 앉아서 식사를 할 수 있도록 커다란 목공용 작업대 몇 개를 갖다 놓았다.

뜻밖의 놀라운 일은, 결혼식 날 아침 신랑이 두 시간이나 늦게 신부를 데리러 왔는데 신부는 신랑이 집 안에 들어서는 것을 보기 전까지는 웨딩드레스를 입지 않겠다고 우겼다는 것이다. "생각해 봐. 그가 영영 나타나지 않았어도 난 행복했을 테지만, 웨딩드레스를 입은 채 버림받았더라면 난 결코 행복하지 않았을 거야." 여자가 웨딩드레스를 입은 채 버림받는 것보다 더 수치스럽고 우세스러운 일은 없기 때문에 그녀가 그토록 신중하게 처신한 것은 당연했다. 한편 앙헬라 비까리오가 처녀도 아니면서 감히 베일을 쓰고 오렌지 꽃다발 들었다는 사실은, 나중에 순결의 상징을 모독한 행위로 해석되어 버렸다. 최종 결과가 나올 때까지 그녀가 마지막 패를 놓지 않았던 것을 용기 있는 행동이라고 평가한 사람은 내 어머니밖에 없었다. "그 시절에 그런 일이 어떻게 될지 아는 이는 오직 하느님밖에 없었단다." 어머니가 내게 설명했다. 하지만 바야르도 산 로만이 어떤 패를 쥐었는지 아는 사람은 아무도 없었다. 프록코트와 실크해트 차림으로 나타나 고뇌의 상징이던 신부를 데리고 결혼식 축하 춤 파티장을 떠난 순간까지 그는 행복한 신랑으로서의 완벽한 모습을 유지했다.

산띠아고 나사르가 어떤 패를 쥐었는지도 전혀 알려지

지 않았다. 나는 끄리스또 베도야, 내 동생 루이스 엔리께와 함께 결혼식이 열린 성당에서도 피로연장에서도 시종일관 그와 함께 있었지만, 우리 가운데 그 누구도 그가 예전과 조금이라도 달라졌다는 낌새는 전혀 채지 못했다. 우리 넷은 학교에 다닐 때부터 함께 성장하고 방학 때도 늘 함께 몰려다니던 사이라 우리 중 누군가 서로 공유하지 않은 비밀 하나를, 더군다나 그런 엄청난 비밀을 가졌다는 사실을 아무도 믿을 수 없었다. 그래서 나는 어머니가 내게 해 준 말을 몇 번이고 되새겨 보아야 했다.

산띠아고 나사르는 파티를 무척 좋아했고, 죽기 전날 밤은 결혼식 비용을 계산해 보며 더없이 즐거워했다. 성당에서 그는 성당 꽃 장식비가 최고급 장례식 열네 번을 치를 수 있는 값에 이를 것이라 어림잡아 보았다. 산띠아고 나사르는 밀폐된 공간에서 꽃향기를 맡으면 곧장 죽음이 연상된다는 말을 예전에도 내게 자주 했다. 그날도 성당으로 들어가면서 같은 애기를 되풀이했기 때문에 그처럼 정확한 수치까지 언급한 그의 말은 그 뒤 여러 해 동안 나를 따라다녔다. "내 장례식은 꽃으로 치장하지 않았으면 좋겠어." 그는 이튿날 내가 자신의 장례식에서 그 말에 따라 꽃을 장식하지 않는 일을 맡게 되리라고는 추호도 생각하지 못한 채 말했다. 성당에서 비까리오 형제들의 집으로 가는 도중에 그는 거리를 장식한 다채로운 화환들의 값을 계산해 보고, 악단 초대비와 폭죽 값에다 파티에서 우리 하객들에게 뿌려진 쌀 값까지 계산해 보았다. 나른하게 졸음이 몰려오는 정오에 신랑 신부는 신부 집 마당에서 하객들과 돌아가며 상견례를 했다. 바야르도 산 로만은 우리와 친해져 그 당시 흔한 표현으로 술친구가 되었고, 우리와 함께 상에 앉은 것을 맘에 들어 하는 것 같았다. 베일도 화관도 쓰지 않고 꽃다발도 들지 않은 채 땀이 밴 공단 드레스를 입은 앙헬라 비까리오의 얼굴이 갑자기 유부녀처럼 보였다. 산띠아고 나사르는 나름대로 계산을 해 보더니 바야르도 산 로만에게 그때까지 결혼식에 든 비용이 9000뻬소 정도 되겠다고 말했다. 앙헬라는 이를 무례한 언사라 생각했다. "어머니는 다른 사람 앞에서 절대 돈 얘기를 꺼내지 말라고 가르치셨거든." 나중에 그녀가 내게 말했다. 반면에 바야르도 산 로만은 그 말을 지극히 호의적으로 받아들였고, 은근히 자긍심을 느끼기까지 했다.

"대략." 그가 말했다. "하지만 이제 겨우 시작인걸요. 결혼식이 모두 끝날 때쯤에는 줄잡아 그 두 배는 들어갈 겁니다."

산띠아고 나사르는 센티모* 단위까지 맞혀 보겠다고 제의했고, 그의 삶은 그가 계산을 마저 끝낼 수 있을 만큼만 지속되었다. 실제로 이튿날 그는 죽기 45분 전, 끄리스 또 베도야가 항구에서 그에게 알려 준 수치를 통해 바야르 도 산 로만의 예측이 정확하게 맞았다는 걸 확인했다.

다른 사람들이 기억하던 바를 한 조각 한 조각 끼워 맞 춰 전모를 파악하기까지 결혼식 파티에 대한 나의 기억은 아주 혼란스러웠다. 우리 집 식구들은, 결혼식에서 아버 지가 젊었을 때 켜던 바이올린을 신랑 신부를 위해 연주해 주고 수녀인 내 여동생이 수녀원 안내 복장을 입은 채 메 렝게 춤을 추고 어머니의 사촌인 의사 디오니시오 이구아 란이 다음 날 주교가 올 때 마을에 있기 싫다며 자신을 바 야르도 산 로만의 가족과 하객들이 타고 온 의전용 배에 태워 가라고 했던 일을 여러 해 동안 얘기했다. 이 연대기 를 쓰기 위해 조사하는 과정에서 사람들이 결혼식에 관해 기억하고 있던 주변적인 경험담을 수도 없이 복구했고, 그 가운데는 바야르도 산 로만의 여동생들의 귀여운 모습에 대한 것도 있었다. 등에 커다란 나비 날개를 금 브로치로 매달아 놓은 그녀들의 벨벳 드레스는 자기 아버지의 깃털 달린 모자와 가슴에 줄줄이 매달린 훈장보다 더 많은 관심 을 끌었다. 내가 떠들썩한 파티의 혼란 속에서 메르세데

---

* Céntimo. 당시 통용되던 화폐 중 가장 작은 단위다.

스 바르차더러 초등학교를 졸업하자마자 나와 결혼해 달라고 청혼했다는 사실이 많은 사람들에게 알려졌는데, 14년이 지난 뒤 우리가 결국 결혼했을 때 메르세데스 바르차가 그 사실을 내게 상기시켜 주었다. 그 언짢은 일요일에 관해 내 뇌리에 항상 가장 강력하게 남은 것은 뽄시오 비까리오 노인이 마당 한가운데에 있는 걸상에 홀로 우두커니 앉은 모습이었다. 그들은 그 자리가 상석이라 생각하고 노인을 앉혀 놓았지만, 손님들이 그에게 부딪쳐 넘어지고, 그를 다른 사람과 혼동하고, 그가 거치적거리지 않도록 그를 다른 자리로 옮겨 놓기까지 했다. 그는 마분지처럼 빳빳하게 풀 먹인 셔츠를 입고 파티에서 쓰라고 식구들이 사다 준 유창목(癒瘡木) 지팡이를 움켜쥔 채 망각의 울타리 안에 행복하게 앉아 묻지도 않은 질문에 대답하고, 아무도 자기에게 인사를 하지 않았건만 허공에 손을 저으며 답례하면서 갓 눈이 먼 사람 특유의 야릇한 표정으로 센 머리를 사방으로 주억거렸다.

공식적인 행사는 귀빈들이 돌아간 오후 6시에 끝났다. 배가 모든 불을 밝힌 채 자동 피아노가 연주하는 왈츠 멜로디를 남기며 마을을 떠났을 때, 우리는 순간적으로 불확실성의 심해에서 표류하다가 마침내 다시 서로를 알아보고는 떠들썩한 파티의 혼동 속으로 잠겨들었다. 잠시 후 신랑 신부가 떠들썩한 사람들 틈을 가까스로 비집으며 무개차를 타고 나타났다. 바야르도 산 로만은 폭죽을 터뜨리고, 사람들이 건네주는 아과르디엔떼* 병을 받아 마시고는 앙헬라 비까리오와 함께 차에서 내려 꿈비암바** 춤판 속으로 끼어들었다. 마침내 그는 파티 비용은 자기가 다 댈 테니 우리더러 꼭지가 돌아 버릴 때까지 춤을 추라고 하고는 홀아비 시우스가 행복하게 살았던 집, 자신이 꿈꾸어 왔던 바로 그 집으로 겁에 질린 아내를 데려갔다.

마을 잔치는 자정쯤 파하고, 광장 한쪽에 있는 끌로띨데 아르멘따의 가게만 문을 열어 놓았다. 산띠아고 나사르와 나는 내 동생 루이스 엔리께, 끄리스또 베도야와 함께 마리아 알레한드리나 세르반떼스가 운영하던 자비의 집***으로 갔다. 다른 여러 사람과 어울려 그곳에 온 비까리오 형제는 우리와 함께 술을 마시고, 산띠아고 나사르를 죽이기 다섯 시간 전 그와 함께 노래를 불렀다. 결혼 잔치의 여흥이 여전히 남았는지 음악 소리가 사방에서 한꺼번에 시끌벅적하게 들려오고 멀리서 싸우는 소리들이 희미하게 들려왔다. 그 소리들이 갈수록 서글퍼지다가 끊어진 지 얼

---

* 콜롬비아의 대표적인 술로, 우리나라의 소주와 같다.
** 콜롬비아 카리브 지역의 춤으로 여럿이 동그랗게 둘러싸서 춘다.
*** 술을 마시며 춤을 추고, 성 매매까지 할 수 있는 집이다.

마 되지 않아 마침내 주교가 타고 오는 뱃고동 소리가 울렸다.

뿌라 비까리오는 잔치가 끝난 뒤 너절하게 널린 것들을 두 딸과 함께 대강 치우다가 밤 11시에 잠자리에 들었노라고 내 어머니에게 말했다. 10시쯤 술에 취한 사람 몇이 마당에서 여전히 노래를 부르고 놀 때, 앙헬라 비까리오는 침실 옷장에 놓아둔 작은 소지품 가방을 가져오라며 심부름꾼을 친정으로 보냈는데, 평상복도 조금 챙겨 오라하고 싶었으나 바쁜 일이 있던 심부름꾼은 그녀가 그 말을 채 꺼내기도 전에 떠나 버렸다. 뿌라 비까리오가 깊은 잠에 빠졌을 때 집 문을 두드리는 소리가 들렸다. "아주 천천히 세 번 두드리더군요." 그녀가 내 어머니에게 말했다. "하지만 그 소리에는 뭔가 좋지 않은 소식을 접할 거라는 특이한 느낌이 깃들어 있었어요." 그녀가 식구들이 깨어나지 않도록 불을 끈 채 문을 열자, 화려한 예복 바지에 탄력 멜빵을 메고 실크 셔츠 단추를 풀어헤친 바야르도 산 로만이 가로등 불빛을 등진 채 서 있었다. "꿈속에서처럼 푸르스름한 빛을 띠었더군요." 뿌라 비까리오가 내 어머니에게 말했다. 앙헬라 비까리오가 그림자 속에 있었기 때문에 바야르도 산 로만이 그녀의 팔을 잡아 불빛 아래로 끌어냈을 때에야 비로소 뿌라 비까리오는 딸을 볼 수 있었다. 그녀의 공단 드레스는 갈기갈기 찢어졌고, 허리춤까지 수건을 둘둘 감고 있었다. 뿌라 비까리오는 그들이 탔던 자동차가 절벽 아래로 굴러 떨어져서 그들이 계곡 밑바닥에서 죽었으리라는 상상을 했다.

"오, 성모 마리아여." 그녀가 공포에 사로잡혀 외쳤다. "너희들이 아직 이 세상 사람인지 어서 말해 봐."

바야르도 산 로만 자신은 집으로 들어가지 않은 채 한 마디 말도 없이 아내를 살짝 집 안으로 밀어 넣었다. 그러고는 뿌라 비까리오의 뺨에 키스를 하고 몹시 낙담한 목소리로, 하지만 아주 부드럽게 그녀에게 말했다.

"모든 걸 감사드립니다, 어머니. 어머님은 성녀이십니다."

뿌라 비까리오만이 그 뒤 두 시간 동안 자신이 했던 일을 알았고, 그녀는 그 비밀을 무덤까지 가져갔다. "내가 기억할 수 있는 건 오직 어머니가 한 손으로는 내 머리채를 휘어잡고 다른 한 손으로는 분노에 치를 떨면서 나를 심하게 두들겨 패서 이러다가 죽겠다는 생각이 들었다는 것뿐이야." 앙헬라 비까리오가 내게 말했다. 하지만 그 일조차도 너무 은밀하게 치러졌기 때문에 각자의 방에서 자던 남편과 딸들은 그 재난이 이미 종결된 새벽이 될 때까지도 사실을 까마득히 몰랐다.

쌍둥이 형제는 어머니가 급히 찾는다는 말에 새벽 3시가 조금 못 되어 집으로 돌아왔다. 그들이 앙헬라 비까리오를 보았을 때, 그녀는 상처투성이 얼굴로 주방 소파에 엎드려 있었지만 더 이상 울지는 않았다. "이제는 더 겁이 나지 않더군. 오히려 죽음 같은 나른함이 마침내 내게서 사라졌다는 느낌이 들었고, 내가 바란 건 오직 모든 게 빨리 끝나 버려 늘어지게 잠이나 자고 싶다는 것뿐이었어." 쌍둥이 형제 중 더 결단력이 강했던 뻬드로 비까리오가 여동생 앙헬라 비까리오의 허리를 잡아 일으켜 식탁 의자에 앉혔다.

　"어서 말해. 누군지 말해 보라니까." 분노에 사로잡힌 그가 몸을 부르르 떨며 동생에게 말했다.

　그녀는 이름을 대는 데 필요한 시간만큼만 지체했다. 어둠 속에서 이름을 찾던 그녀는 결국 이승과 저승 사이에 헷갈리는 숱한 이름 가운데 하나를 첫눈에 발견해 냈으며, 자신에 대한 선고가 영원히 기록된 자유 의지 없는 나비 한 마리를 다트로 꽂아 버리듯 그 이름을 정확하게 벽에 꽂아 버렸다.

　"산띠아고 나사르."

3

변호사가 그 살인은 명예를 지키기 위한 정당 행위였다고 주장하자 재판부는 양심적인 행위라고 받아들였고, 쌍둥이 형제는 최후 진술에서 똑같은 이유라면 천 번이라도 같은 행동을 할 것이라고 선언했다. 살인을 저지르고 몇 분이 지난 뒤 그들은 교회 당국에 자수하면서 그런 방향으로 변호를 해 달라고 직접 귀띔해 주었다. 당시 그들은 한 무리의 성난 아랍 인들에게 금방이라도 붙잡힐 듯 쫓겨 헐레벌떡 사제관으로 뛰어 들어가서는 아마도르 신부의 책상 위에 날을 깨끗이 닦은 칼을 내려놓았다. 두 사람 다 살인이라는 야만적인 작업으로 기진맥진했고, 옷과 팔은 피범벅이 되었으며, 얼굴은 땀과 아직 말라붙지 않은 피로 얼룩졌으나, 주임 신부는 그들의 자수가 대단히 품위 있는 행위였다고 기억했다.

"저희는 양심에 따라 그를 죽였습니다." 뻬드로 비까리오가 말했다. "우리는 죄가 없습니다."

"아마도 하느님 앞에서는 그럴 겁니다." 아마도르 신부가 말했다.

"하느님과 사내대장부들 앞에서 결백합니다." 빠블로비까리오가 말했다. "명예가 걸린 문제였습니다."

그것은 약과였다. 현장 검증을 하는 과정에서 그들은 자신들의 결백과 살인의 정당성을 강력하게 주장하며 일부러 실제보다 훨씬 더 심한 분노를 표출했는데, 어찌나 심했던지 살인을 할 당시 칼로 수없이 찔러 대서 흠집투성이가 된 쁠라시다 리네로의 집 현관문을 공공 자금을 동원해 가며 수리해 주어야만 했다. 재판을 기다리는 사이 보석금을 낼 돈이 없어 3년 동안 수감되었던 리오아차 감옥의 고참 죄수들이 회고한 바에 따르면, 그들은 성격 좋고 붙임성 있는 친구들이었지만 뉘우치는 기미는 전혀 보이지 않았다. 하지만 실제로 비까리오 형제는 산띠아고 나사르를 즉시, 사람들 몰래 살해하는 데 필요한 행위는 전혀 하지 않았고, 오히려 자신들이 살인을 저지르지 못하게 누군가가 말리도록 상상을 초월하는 행위를 많이 했다. 그렇지만 그들은 결국 자신들의 의도를 제대로 관철하지 못했던 것으로 보였다.

몇 년 뒤 그들은 산띠아고 나사르를 찾으러 마리아 알
레한드리나 세르반떼스의 집으로 가서 새벽 2시까지 그와
함께 있었다고 내게 밝혔다. 이런 사실은 다른 수많은 사
실과 마찬가지로 수사 보고서에는 기록되지 않았다. 사실
우리 일행이 세레나데를 부르며 한 바퀴 돌기 위해 그곳을
나와 버렸기 때문에 쌍둥이 형제가 그를 찾으러 왔다는 시
각에 그는 이미 그 자리에 없었는데, 그들이 정말 그곳에
갔는지는 확실하지 않다. "그들이 내 집에 왔다면 내 결코
내보내지 않았을 거야." 마리아 알레한드리나 세르반떼스
가 내게 이렇게 말했고, 그녀의 성품을 너무 잘 알던 나는
그 말을 추호도 의심하지 않았다. 한편 그들은 그를 제외
한 거의 모든 사람이 끌로띨데 아르멘따의 가게에 들를 거
라는 사실을 이미 알았기 때문에 그곳으로 가서 그를 기다
렸다. "열린 가게는 그곳뿐이었으니까요." 그들이 수사 판
사에게 확인시켜 주었다. "언젠가는 그가 그리로 나와야
했으니까." 그들은 사면을 받은 뒤 내게 이렇게 말했다.
하지만 쁠라시다 리네로의 집 현관문은 대낮에도 빗장을
걸어 놓았고, 산띠아고 나사르가 언제나 뒷문 열쇠를 가지
고 다닌다는 사실은 모두가 알았다. 사실 비까리오 형제가
반대편에서 한 시간도 넘게 그를 기다렸을 때 그는 뒷문으

로 집 안으로 들어갔는데, 그가 나중에 주교를 맞이하러 나가면서 광장 쪽 현관문을 이용했다는 것은 수사 보고서를 작성한 수사 판사조차도 채 이해할 수 없었던 아주 예기치 않은 이유 때문이리라.

이처럼 확실하게 예고된 죽음은 결코 없었다. 비까리오 형제는 여동생이 그의 이름을 밝히자마자 돼지우리의 도살 용구 보관 창고로 가서 좋은 칼 두 자루를 골랐다. 돼지를 네 토막으로 자르는 데 쓰는 길이 25센티미터에 너비 6센티미터짜리 칼과 고기를 손질하는 데 쓰는 길이 18센티미터에 너비 4센티미터짜리 칼이었다. 그들은 칼을 헝겊에 싼 뒤 가게 몇 개만이 문을 열기 시작하던 고기 시장으로 가서 칼날을 세웠다. 이른 새벽이라 손님이 많지는 않았지만, 스물두 명이나 되는 사람이 형제가 하는 말을 다 들었다고 증언했으며, 형제가 단지 사람들에게 공공연하게 알리고만 싶어서 그런 얘기를 하는 것 같은 인상을 받았다는 데 모든 증인의 견해가 일치했다. 정육점을 하는 그들의 친구 파우스띠노 산또스는 새벽 3시 20분경 내장을 파는 좌판을 막 벌였을 때 그들이 가게로 들어섰는데, 무슨 이유 때문에 월요일에, 그것도 이른 새벽에 결혼식에 참석할 때 입은 검은색 모직 정장 차림으로 가게로 들어왔는지 이해할 수 없었노라고 증언했다. 그가 지금까지 보아

온 비까리오 형제는 금요일마다, 하지만 그날보다 조금 더 늦은 시각에 도살용 가죽 앞치마 차림으로 나타나곤 했다. "난 그 친구들이 만취한 줄 알았어요." 파우스띠노 산또스가 내게 말했다. "그때가 몇 시인지도 무슨 요일인지도 제대로 분간하지 못했으니까요." 그는 비까리오 형제에게 그날이 월요일이라고 알려 주었다.

"그건 다 알아, 이 바보야." 빠블로 비까리오가 호인처럼 대답했다. "칼 좀 갈려고 온 것뿐이라니까."

그들은 항상 하던 식으로 회전 숫돌에 칼을 갈았다. 뻬드로는 칼을 들어 숫돌에 날을 바꿔 대고, 빠블로는 숫돌의 손잡이를 잡아 돌리는 식이었다. 그들은 칼을 갈면서 동료 도살업자들과 함께 결혼식이 얼마나 호화로웠는지 얘기를 나누었다. 동업자 사이에 웨딩 케이크 한 조각 못 얻어먹었다고 몇몇이 불평하자 형제는 나중에 몇 조각 보내 주겠노라고 약속했다. 마침내 두 사람은 쇠 갈리는 소리도 요란하게 숫돌에 칼을 갈기 시작했고, 빠블로는 자기 칼날이 반짝거리는지 불빛에 비춰 보았다.

"우리가 산띠아고 나사르를 죽이러 갈 거야." 빠블로가 말했다.

그들은 착하다고 소문이 자자했기 때문에 아무도 그 말에 신경을 쓰지 않았다. "우리는 그 친구들이 술에 취해 헛소리를 한 거라 생각했어요." 몇몇 도살업자가 이렇게 말했고, 빅또리아 구스만이나 나중에 그들을 본 많은 사람도 그렇게 증언했다. 언젠가 나는 도살업자들에게 도살 일을 하다 보면 살인 충동을 느낄 수도 있지 않겠느냐는 질문까지 해야 했다. "소 한 마리를 잡을 때는 그 눈도 제대로 쳐다볼 수 없다니까요." 그들이 항변했다. 그들 가운데 하나는 자신이 잡은 짐승은 고기조차 먹을 수 없다고 했다. 또 다른 사람은 전에 본 적이 있는 암소는 도저히 잡을 수 없으며, 그 소에서 짠 우유를 마신 경험이 있다면 더더욱 잡을 수 없다고 했다. 나는 그들에게 비까리오 형제는 자신들이 손수 키우고, 또 너무 친해져서 각각 이름까지 지어 준 돼지들을 도살해 왔다는 사실을 상기시켜 주었다. "그건 사실이에요." 그들 가운데 하나가 대답했다. "하지만 그 돼지들한테 사람 이름이 아니라 꽃 이름을 붙여 주었다는 걸 알아야 해요." 당시 그 자리에 있던 사람들 가운데 파우스띠노 산또스만이 빠블로 비까리오가 내뱉은 협박조의 말에 뭔가 진심이 담겼다고 느꼈기 때문에, 먼저 죽어야 할 부자들이 많은데 왜 하필이면 산띠아고 나사르를 죽이려 하느냐고 농담하듯 그에게 물었다.

　"산띠아고 나사르는 그 이유를 알지." 뻬드로 비까리오가 대신 대답했다.

파우스띠노 산또스는 왠지 미심쩍은 생각이 들어 쌍둥이 형제가 떠나고 얼마 지나지 않아 경찰관 한 명이 시장의 아침상에 놓을 간 한 근을 사러 가게에 들렀을 때 신고했다고 내게 말했다. 수사 보고서에 따르면 그 경찰관의 이름은 레안드로 뽀르노이로, 이듬해 국경일 축제에서 황소 뿔에 받혀 경정맥이 끊어지는 바람에 사망했다. 그래서 나는 그와 이야기해 볼 수가 없었으나, 끌로띨데 아르멘따는 비까리오 형제가 가게에 앉아 산띠아고 나사르를 기다릴 때 처음으로 가게에 들어온 사람이 바로 그였다고 내게 알려 주었다.

끌로띨데 아르멘따는 그 경찰관을 보기 바로 전에 남편과 카운터 보는 일을 교대했다. 그들은 늘 그렇게 교대로 일했다. 가게는 새벽에 우유를 팔고 낮에 식료품을 팔았으며, 오후 6시가 지나면 술집으로 변했다. 끌로띨데 아르멘따는 새벽 3시 30분에 가게를 열었다. 그녀의 남편인 사람 좋은 돈 로헬리오 델 라 플로르가 가게 문을 닫는 시각까지 카운터를 맡아보았다. 하지만 그날 밤은 결혼식 파티가 끝나도 집에 돌아가지 않고 가게에 들른 손님이 너무 많았기 때문에 새벽 3시가 넘은 시각에 가게 문을 열어 놓은 채 잠을 자러 갔고, 끌로띨데 아르멘따는 주교가 도착하기 전에 우유 파는 일을 마치려고 보통 때보다 일찍 일어나 있었다.

비까리오 형제는 새벽 4시 10분에 가게로 들어왔다. 그 시각에는 원래 먹을거리만 팔았지만 끌로띨데 아르멘따는 그들에게 호감이 있었을 뿐만 아니라 그들이 그녀에게 보내 준 웨딩 케이크에 답례하기 위해 그들에게 사탕수수 아과르디엔떼 한 병을 팔았다. 두 사람은 교대로 술병을 들고 꿀꺽꿀꺽 단 두 번 만에 들이켜 버렸지만 자세가 흐트러지지 않았다. "그들은 어리벙벙한 상태였어." 끌로띨데 아르멘따가 내게 말했다. "배 연료로 쓰는 석유를 들이부었어도 혈압이 올라가지 않았을 거야." 잠시 후 그들은 모직 재킷을 벗어 아주 조심스럽게 각자의 의자 등받이에 걸쳐 놓고 술 한 병을 더 주문했다. 셔츠는 땀이 말라붙어 지저분했고, 하루 동안 수염이 자라 마치 산에서 내려온 사람 같았다. 두 번째 병은 의자에 앉아 길 건너편에 위치한 쁠라시다 리네로의 집을 노려보면서 좀 더 천천히 마셨는데, 그 집 창문은 모두 불이 꺼져 있었다. 난간에 있는 제일 큰 창문이 산띠아고 나사르의 침실 창문이었다. 뻬드로 비까리오는 끌로띨데 아르멘따에게 그 창문에 불이 켜지는 것을 본 적이 있느냐고 물었고, 그녀는 보지 못했다고 대답했지만, 별 이상한 것에 관심을 다 갖는다고 생각했다.

"그에게 무슨 일이 있었어?"

"아뇨. 우리가 그 친구를 죽이려고 찾고 있을 뿐이에요."

너무나 즉각적인 대답이어서 그녀는 그 말이 진심에서 우러나온 것인지 도무지 믿을 수가 없었다. 하지만 그녀는 쌍둥이 형제가 도살용 칼 두 자루를 행주로 감싸 지녔다는 사실을 알아챘다.

"이런 꼭두새벽에 그를 죽이겠다는 이유가 뭔지 알 수 없을까?"

"당사자는 알죠."

끌로띨데 아르멘따는 그들을 세세하게 뜯어보았다. 그녀는 쌍둥이를 구별할 수 있을 만큼 잘 알았고, 특히 뻬드로 비까리오가 제대를 하고 온 뒤로는 더 잘 구분할 수 있었다. "애들 같았어." 그녀가 내게 말했다. 이런 생각을 해 놓고는, 애들이란 언제나 못하는 게 없다는 사실을 깨달았기 때문에 더럭 겁이 났다. 그래서 그녀는 우유 단지들을 채워 놓은 뒤 가게에서 일어난 일을 남편에게 알리기 위해 곧바로 남편을 깨우러 갔다. 돈 로헬리오 델 라 플로르는 잠에 반쯤 취한 상태로 아내의 얘기를 들었다.

"그런 바보 같은 소리 작작 하구려. 그 친구들은 아무도 죽이지 않아. 부자라면 더더욱."

끌로띨데 아르멘따가 가게로 돌아와 보니 쌍둥이 형제가 시장의 우유를 사러 온 경찰관 레안드로 뽀르노이와 얘기를 나누고 있었다. 그녀는 그들이 무슨 얘기를 했는지 제대로 듣지 못했지만, 그가 가게를 나서면서 칼을 주시했던 것으로 보아 그들이 자신들의 계획에 관해 그에게 무슨 말을 했을 거라 추측했다.

라사로 아뿐떼 대령은 새벽 4시 조금 못 미쳐 잠자리에서 일어났다. 경찰관 레안드로 뽀르노이가 와서 비까리오 형제의 생각을 알려 주었을 때는 막 면도를 끝내던 참이었다. 그는 지난밤 마을에서 친구들 간의 싸움을 하도 많이 말렸던 터라 또 싸움 한 판이 더 벌어질 거라 생각하고는 전혀 서두르지 않았다. 차분하게 옷을 입고, 나비넥타이가 완벽하게 매일 때까지 여러 번 고치고는 주교를 영접하려고 목에 마리아 스카풀라*를 걸쳤다. 그가 양파 링을 덮은 간 스튜로 아침 식사를 할 때 아내가 몹시 흥분한 목소리로 지난밤 바야르도 산 로만이 앙헬라 비까리오를 친정으로 돌려보냈다는 얘기를 들려주었으나, 그는 아내만큼 흥분하지는 않았다.

"이런!" 그가 빈정거렸다. "주교님께서 그걸 아시면 어

---

* 가톨릭 사제나 평신도가 어깨에 걸치는 넓은 띠다.

떻게 생각하시겠어?"

하지만 아침 식사를 채 끝내기 전에, 조금 전 당번 경찰관이 한 말이 떠올라 경찰관의 얘기와 아내의 얘기를 합쳐 보았고, 즉시 수수께끼의 두 조각이 정확하게 들어맞는다는 사실을 깨달았다. 그래서 그는 새 항구와 연결된 길을 따라 광장으로 갔는데, 길거리의 집들은 주교의 방문을 맞아 아연 활기를 띠기 시작했다. "5시경이었고, 비가 내리기 시작했다는 게 분명히 기억나는군." 라사로 아뽄떼 대령이 내게 말했다. 광장으로 가는 도중에 세 사람이 그를 붙들어 비까리오 형제가 산띠아고 나사르를 죽이기 위해 기다린다는 사실을 은밀하게 말해 주었으나, 그 가운데 한 사람만이 그곳이 어디인지 알려 주었다.

그는 끌로띨데 아르멘따의 가게에서 그들을 찾아냈다. "그 친구들을 보았을 때 난 단순한 허풍쟁이들이라 생각했어." 그는 개인적인 논리를 전개하며 내게 말했다. "예상했던 것보다 덜 취한 상태였거든." 그는 그들이 어떤 의도였는지 전혀 조사해 보지 않았고, 대신 그들에게서 칼을 빼앗은 뒤 가서 잠이나 자라고 돌려보냈다. 그가 아내의 놀라는 태도를 대수롭지 않게 여겼을 때처럼 자신 있는 태도로 그들을 다루었던 것이다.

"생각들 좀 해 보게." 그가 비까리오 형제에게 말했다.

"주교님께서 자네들의 이런 꼬락서니를 보면 뭐라 하시겠나!"

형제는 자리를 떴다. 끌로띨데 아르멘따는 진실이 밝혀질 때까지 시장이 그들을 잡아 두어야 한다고 생각했기 때문에 시장의 경박한 태도에 몹시 실망하고 말았다. 아쁜떼 대령은 그녀에게 최종 변론을 하듯이 칼을 내보였다.

"이젠 그 친구들에게 사람을 죽일 무기가 없잖아요."

"그래서 그런 게 아니에요. 그 가엾은 청년들이 자신에게 부과된 무시무시한 의무에서 벗어나게 해 주기 위해서라고요."

그녀는 사안을 그런 식으로 느꼈다. 그녀는 비까리오 형제가 자신들이 그런 짓을 하는 걸 말려 주는 호의를 베풀 사람만 있으면 자신들이 내뱉은 말을 부득부득 실행하겠다는 마음은 아니었을 것이라 확신했다. 하지만 아쁜떼 대령은 천하태평이었다.

"의심이 간다고 아무나 체포할 순 없잖아요. 시금으로선 산띠아고 나사르에게 주의만 주면 되는 문제고요. 모두 행복한 한 해가 되기를 바랍니다."

끌로띨데 아르멘따는 아쁜떼 대령의 통통한 모습에서 늘 연민의 정을 느꼈다고 기억했으나, 나는 그가 편지를 통해 배운 심령술을 혼자서 실험해 보는 데 약간 심취하긴

했어도 행복한 사람이었다고 기억했다. 그 월요일에 아뿔 떼 대령이 한 행동은 자신이 경박한 사람이라는 것을 증명하는 결정적인 증거였다. 실제로 항구에서 다시 산띠아고 나사르를 보았을 때까지 그 일을 잊어버렸던 대령은 그를 본 순간 자신이 내린 결정이 옳았다고 자축했다.

비까리오 형제는 가게로 우유를 사러 온 사람 열두 명 이상에게 자신들의 계획을 얘기했고, 이들은 형제가 해 준 말을 오전 6시가 되기 전에 사방에 전파했다. 끌로띨데 아르멘따는 이런 상황인데도 길 건너편에 있는 산띠아고 나사르의 집 사람들이 그 사실을 모르리라고는 도저히 생각할 수 없었다. 그녀는 산띠아고 나사르의 침실에 불이 켜지는 것을 보지 못했기 때문에 산띠아고 나사르가 집에 없을 거라 생각하고는 만나는 사람마다 그를 보거든 주의를 주라고 당부했다. 그녀는 수녀들이 마실 우유를 사러 들른 당직 수련 수사에게 부탁해 아마도르 신부에게 이 사실을 알리라는 조치까지 취했다. 새벽 4시가 지나고 뻴라시다 리네로의 집 부엌에 불이 켜지자 그녀는 매일 소량의 우유를 동냥하러 오는 여자 거지를 시켜 빅또리아 구스만에게 마지막으로 긴급하게 전갈했다. 주교의 배가 고동을 울렸을 때는 거의 모든 주민이 주교를 영접하기 위해 잠에서 깨어 있었고, 비까리오 형제가 산띠아고 나사르를 죽이기 위해 기다린다는 사실을 모르는 사람은 우리 몇 사람뿐이었는데, 그때는 이미 살인의 세세한 이유까지 소상히 알려져 있었다.

끌로띨데 아르멘따가 우유를 모두 팔지 못했을 때 비까리오 형제가 다른 칼 두 자루를 신문지에 말아 가게로 돌아왔다. 한 자루는 돼지를 네 토막으로 자를 때 쓰는 길이 30센티미터에 너비 8센티미터짜리 외날 칼로, 날에 녹이 슬고 단단했는데 전쟁 때문에 독일제 칼이 수입되지 않던 시절 뻬드로 비까리오가 직접 목재 세공용 톱을 재활용해 만든 것이었다. 다른 칼은 짧지만 폭이 넓고 반달처럼 휜 것이었다. 수사 판사는 아마도 글로 설명하기가 힘들었는지 수사 보고서에 칼 모양을 그려 놓은 뒤 확신 없는 어투로 소형 언월도 같다고 언급했다. 이렇듯 살인에는 둘 다 투박하고 많이 닳은 이 칼들이 사용되었다.

파우스띠노 산또스는 도대체 무슨 일이 벌어졌는지 이해할 수 없었다. "그들이 또 칼을 갈러 왔더군요. 다시 사람들이 듣도록 산띠아고 나사르의 내장을 꺼내 버리겠다고 큰소리를 쳐 대서 나는 그들이 농담을 한다고 믿었는데, 무엇보다도 내가 칼에는 별 신경을 쓰지 않았고, 또 칼이 다른 것으로 바뀐 사실도 몰랐기 때문이었죠." 하지만 끌로띨데 아르멘따는 그들이 가게에 다시 들어설 때부터 그들의 결심이 처음 보았을 때와 달라졌다는 것을 감지했다.

실제로 그동안 두 쌍둥이 형제 사이에 처음으로 의견이 충돌했다. 두 사람이 겉모습은 비슷했지만 성격은 아주 달랐는데, 어렵고 위급한 순간에는 서로 완전히 다른 성격이 드러났다. 그들과 친구였던 우리는 초등학교 때부터 그 사실을 알았다. 동생보다 6분 먼저 태어난 빠블로 비까리오는 사춘기가 될 때까지는 상상력도 더 풍부하고 의지도 더 강했다. 뻬드로 비까리오는 늘 더 감상적이었고, 그래서 더 권위적인 것 같았다. 그들은 스무 살 때 함께 군 입대를 자원했는데, 빠블로 비까리오는 집에 남아 가족을 돌보도록 군 복무가 면제되었다. 뻬드로 비까리오는 경찰 순찰대에서 11개월 동안 복무했다. 죽음에 대한 공포로 더 힘겨웠던 군대 생활로 인해 타인을 지배하려는 의지와 형을 자기 마음대로 이끌려는 성향이 더욱 강해졌다. 그는 군대의 가장 독한 처방도, 의사 디오니시오 이구아란의 비소 주사나 과망간산염 소독도 효험이 없는 임질에 걸려 집으로 돌아왔다. 나중에 감옥에서 비로소 병을 치료받을 수 있었다. 뻬드로가 군대 기질에 젖고, 또 원한다면 누구에게나 셔츠를 들어 올려 과거 총알이 스치는 바람에 왼쪽 옆구리에 낚싯줄처럼 난 흉터를 보여 주는 새로운 버릇을 얻어 집으로 돌아오자 빠블로는 갑자기 동생이나 된 것처럼 뻬드로에 대한 의존심을 키워 갔고, 이는 그들과 친구인 우리 모두가 인정하는 바였다. 빠블로는 심지어 동생이 전쟁의 훈장처럼 자랑하던, 어른들이 걸리는 그 임질을 부러워하는 마음까지 품을 정도였다. 뻬드로 비까리오가 밝힌 바에 따르면, 자신이 산띠아고 나사르를 죽이기로 결정하자 처음에 형은 그대로 따를 수밖에 없었다. 시장이 칼을 빼앗아 갔을 때 자신들이 스스로에게 부과한 약속을 이제 지켰다고 생각한 사람 역시 뻬드로 비까리오였는데, 이번에는 빠블로 비까리오가 주도권을 잡고 나섰다. 수사 판사에게 각자 행한 진술에서 두 사람 중 누구도 자신들 사이에 그런 의견 충돌이 있었다고는 말하지 않았다. 하지만 빠블로 비까리오는 자신이 내린 최종 결정에 동생이 동의하도록 설득하는 것이 쉽지 않았다고 여러 번에 걸쳐 내게 확인시켜 주었다. 아마도 실제로 살인을 하고 싶어서가 아니라 갑작스럽게 공황 상태에 빠져 버렸기 때문에 그런 결정을 내렸을 것이나, 빠블로 비까리오가 혼자 돼지우리에 들어가 다른 칼 두 자루를 찾아온 게 사실이고, 그 사이 타마린드 나무 아래서 소변을 보려고 애쓰던 동생은 한 방울 한 방울씩 고통스럽게 오줌을 찔끔거렸다. "형은 그게 어떤 건지 결코 알지 못했어." 뻬드로 비까리오는 나와 단

한 번 나눈 대화에서 이렇게 말했다. "유리 가루를 싸는 것 같았다니까." 빠블로 비까리오가 칼을 들고 돌아와 보니 그는 여전히 나무를 부둥켜안고 있었다. "몹시 아픈지 식은땀을 줄줄 흘리더군. 자기는 누구를 죽일 만한 몸 상태가 아니니 나 혼자 가서 처리하라는 말도 겨우 할 수 있을 정도였다니까." 그는 결혼식이 끝난 뒤 점심 식사를 하기 위해 나무 아래 들여놓았던 목공용 작업대에 앉아 바지를 무릎까지 까 내렸다. "동생은 자신의 음경을 감싸 놓은 거즈를 가느라 30분 가량 지체했어." 빠블로 비까리오가 내게 말했다. 실제로 뻬드로 비까리오가 거즈를 가는 데 걸린 시간은 채 10분이 넘지 않았지만, 빠블로 비까리오에게는 동생의 작업이 매우 난해하고 특이하게 보였기 때문에, 동생이 새벽까지 시간을 끌려고 새로운 묘기를 부리는 것이라 해석해 버렸던 것이다. 그래서 그는 동생의 손에 칼을 들려 주고는 여동생의 잃어버린 명예를 되찾아 주기 위해 거의 강제로 동생을 잡아끌었다.

"다른 방법이 없어. 이미 벌어진 일이나 마찬가지야."

그들은 칼을 든 채, 마당에서 소란을 피워 대는 개들에게 쫓기듯 돼지우리 문을 나섰다. 날이 밝기 시작했다. "비는 오지 않았어." 빠블로 비까리오는 이렇게 기억했다. "비가 오기는커녕, 바다에서 바람이 불어오고, 여전히 손

가락으로 별을 헤아릴 수 있을 정도로 하늘이 맑았어." 뻬드로 비까리오는 이렇게 기억했다. 소문이 널리 제대로 퍼졌기 때문에 오르뗀시아 바우떼는 그들이 자기 집 앞을 지나가는 바로 그 순간에 대문을 열었고, 산띠아고 나사르를 위해 제일 먼저 울어 주었다. "나는 그들이 벌써 그를 죽였다고 생각했어." 그녀가 내게 말했다. "그들이 들었던 칼을 가로등 불빛 아래서 보았는데, 피가 뚝뚝 흐르는 것 같았다니까." 그 인적 없는 거리에서 문이 열린 몇 집 가운데 빠블로 비까리오의 애인 쁘루덴시아 꼬떼스의 집도 있었다. 쌍둥이 형제는 그 시각에 그곳을 지날 때마다, 특히 금요일에 시장으로 갈 때면 그녀의 집에 들러 하루의 첫 커피를 마셨다. 그들이 마당으로 통하는 문을 밀자 새벽의 어스름 속에서 그들을 알아본 개들이 형제를 에워쌌다. 그들은 부엌에 들어가 쁘루덴시아 꼬떼스의 어머니에게 인사했다. 아직 커피는 준비되지 않았다.

"나중에 다시 마시러 올게요." 빠블로 비까리오가 말했다. "지금은 급히 갈 데가 있어서요."

"이보게들, 난 다 이해하네. 명예는 기다려 주지 않는 법이지."

하지만 어찌 되었든 그들은 커피를 기다렸는데, 이번에는 뻬드로 비까리오가 형이 일부러 시간을 끈다고 생각했다. 그들이 커피를 마시는 동안, 사춘기의 절정에 이르렀던 쁘루덴시아 꼬떼스가 화덕에 불을 지피려고 헌 신문지한 다발을 들고 부엌으로 들어왔다. "나는 그들이 무슨 짓을 하려는지 알았어요. 나는 그들이 하고자 하던 바에 동의했을 뿐만 아니라 그가 남자로서 해야 할 일을 하지 않았다면 그와는 절대 결혼하지 않았을 거예요." 부엌을 나서기 전에 빠블로 비까리오는 쁘루덴시아 꼬떼스에게서신문지 두 장을 낚아채 동생에게 주며 칼을 싸라고 했다.쁘루덴시아 꼬떼스는 그들이 마당을 지나 대문을 나설 때까지 부엌에서 지켜보았고, 빠블로 비까리오가 감옥에서나와 그녀의 평생 반려자가 될 때까지 단 한순간도 낙망하지 않고 3년을 기다렸다.

"몸조심해요." 그녀가 그들에게 당부했다.

이 일은 끌로띨데 아르멘따가 쌍둥이 형제의 결심이 전처럼 단호하지 않다고 생각하기에 충분한 이유가 되었고,그녀는 그들을 술에 곯아떨어지게 할 속셈으로 독한 싸구려 럼주 한 병을 내주었다. "그날 난 우리 여자들이 세상에서 얼마나 외로운 신세인가를 깨달았어!" 그녀가 내게말했다. 뻬드로 비까리오가 그녀에게 남편의 면도 도구를빌려 달라고 부탁하자 그녀가 그에게 솔, 비누, 손거울,새 면도날을 끼운 면도기를 갖다주었지만 그는 면도기 대신 가지고 있던 도살용 칼로 수염을 깎았다. 끌로띨데 아르멘따는 그것을 마치스모*의 극치라 생각했다. "영화에 나오는 살인자 같았어." 그녀가 내게 말했다. 하지만 나중에 뻬드로 비까리오는 자신이 군대에 있을 때 이발사들이 쓰는 면도칼로 수염 깎는 법을 익힌 뒤로는 다른 방식으로는 절대 할 수 없었노라고 설명했고, 그 말은 사실이었다. 그의 형은 좀 더 점잖게 돈 로헬리오 델 라 플로르에게서 빌린 면도기로 수염을 깎았다. 마침내 그들은 이른 새벽에 선잠이 깬 멍한 표정으로 길 건너편 집의 불 꺼진 창을 응시하면서 묵묵히, 아주 천천히 술병을 비웠다. 그 사이 쌍둥이 형제가 산띠아고 나사르를 죽이기 위해 기다린다는 게 사실인지 확인해 보려고 가짜 손님들이 필요하지도 않은 우유를 사고, 있지도 않은 먹을거리를 찾아 계속해서 가게에 드나들었다.

비까리오 형제는 그 창에 불이 들어오는 것을 볼 수 없는 상황이었다. 산띠아고 나사르가 새벽 4시 20분에 집에 들어갔으나, 계단의 전등이 밤새 켜져 있었으므로 침실로 가기 위해 불을 켤 필요가 없었다. 그는 잘 수 있는 시간이 단 한 시간 밖에 남지 않았기 때문에 어둠 속에서 옷을

---

* 라틴아메리카 특유의 남성 우월주의를 말한다.

입은 채 침대에 몸을 던졌고, 빅또리아 구스만이 그가 주
교를 맞이하러 나가도록 그를 깨우러 올라가 보았을 때 그
는 여전히 그 모습으로 누워 있었다. 마리아 알레한드리나
세르반떼스가 악사들을 보내고, 쾌락을 선사하는 흑백 혼
혈 아가씨들이 손님을 받지 않고 편히 자도록 집 마당에
설치된 무도장의 불을 끌 때까지, 우리는 새벽 3시가 넘도
록 그곳에 함께 있었다. 아가씨들은 처음에는 결혼식에 참
석한 귀빈들을 은밀하게 시중들고, 나중에는 결혼식의 떠
들썩한 파티에도 성이 차지 않은 우리 같은 사람들과 집
문을 열어 놓은 채 맘껏 놀아 주느라 사흘 전부터 밤마다
쉬지 않고 일해 왔다. 우리는 마리아 알레한드리나 세르반
떼스가 잠을 자러 간다면 그것은 일생에 한 번, 죽을 때뿐
일 거라는 얘기들을 했다. 그녀는 내가 아는 여자 가운데
가장 우아하고 부드러운 여자였으며, 방중술이 가장 뛰어
나지만 가장 엄격한 여자이기도 했다. 그녀는 이곳에서 태
어나 자라고 살아왔다. 손님들에게 빌려 주는 방 여러 개
와 빠라마리보의 중국인 시장에서 사 온 조롱박 등이 달린
넓은 무도장을 갖춘 그녀의 집은 항상 문이 열려 있었다.
우리 또래 청년들의 동정을 앗아 가 버린 사람은 바로 그
녀였다. 그녀는 우리가 배워야 할 것보다 훨씬 더 많은 것
을 가르쳐 주었는데, 무엇보다도 인생에서 텅 빈 침대보다

더 슬픈 곳은 결코 없다는 사실을 알려 주었다. 산띠아고 나사르는 그녀를 처음 보자마자 정신을 빼앗겨 버렸다. 내가 그에게 경고했다. "호전적인 두루미를 쫓아가는 매에게는 위험만이 기다리는 법이야." 하지만 그는 마리아 알레한드리나 세르반떼스의 환상적인 매력에 빨려 들어 내 말에는 도통 귀를 기울이지 않았다. 아버지 이브라임 나사르가 가죽 혁대로 그를 때려 가며 침대에서 끌어내 1년이 넘도록 엘 디비노 로스뜨로 농장에 가둬 놓았을 때까지 그녀는 열다섯 살의 산띠아고 나사르에게 미칠 듯한 열정의 대상이자 눈물의 의미를 가르쳐 준 스승이었다. 그 후 그와 그녀는 진지한 애정을 통해 서로 연결되었으나 더 이상 사랑의 방종은 없었고, 그녀는 그를 대단히 존중해 주었기 때문에 그가 그녀의 집에 있을 때는 그 누구와도 잠자리를 하지 않았다. 지난 방학 동안에는 피곤하다는 믿기 어려운 핑계를 대며 우리를 일찍 돌려보냈으나 나중에 내가 은밀하게 다시 들어올 수 있도록 문의 빗장을 풀고 복도의 불을 켜 두었다.

변장에 마술사 같은 재주가 있는 산띠아고 나사르가 좋아했던 장난은 흑백 혼혈 아가씨들을 감쪽같이 변장해 놓는 것이었다. 그는 한 아가씨를 변장하기 위해 다른 아가씨의 옷장에 든 옷을 빼냈는데, 그렇게 해서 모든 아가씨가 결국 원래의 자신과 달라지거나 다른 사람과 같아진다고 느꼈다. 한번은 어느 아가씨가 자신이 다른 아가씨와 똑같이 변해 버렸다며 울고불고 난리를 친 적도 있었다. "거울에서 나온 것 같은 느낌이 들더라니까요." 그녀가 말했다. 하지만 그날 밤 마리아 알레한드리나 세르반떼스는 산띠아고 나사르가 마지막으로 변장사의 술수를 즐기는 걸 허용하지 않았다. 그녀는 아주 하찮은 핑계를 대며 변장 놀이를 금지했는데, 그에 대한 씁쓸한 뒷맛 때문에 결국 산띠아고 나사르의 삶이 송두리째 뒤바뀌고 말았다. 상황이 그랬기 때문에 우리는 악사들을 데리고 이곳저곳에서 세레나데를 부르며 우리만의 파티를 계속했고, 그 사이 비까리오 쌍둥이 형제는 산띠아고 나사르를 죽이기 위해 기다렸다. 거의 새벽 4시가 되었을 때, 언덕 위에 있는 홀아비 시우스의 집으로 올라가 신혼부부를 위해 노래를 불러 주는 게 좋겠다고 생각했던 사람은 바로 산띠아고 나사르였다. 그 집 창가에서 노래만 부른 게 아니라 정원에 들어가 폭죽을 쏘아 올리고 불꽃놀이까지 했지만 집 안에 사람이 있다는 낌새는 전혀 보이지 않았다. 집 안에 사람이 아무도 없으리라는 생각은 전혀 해 보지 않았는데, 무엇보다도 여전히 결혼식에서 사람들이 매달아 준 공단 리본과 파라핀으로 만든 오렌지 꽃다발을 달고 덮개가 접힌 새 차가 대문 옆에 서 있었기 때문이었다. 당시 전문가처럼 기타를 잘 치던 내 동생 루이스 엔리께가 결혼의 이중적인 의미를 내포한 노래 한 곡을 신랑 신부를 위해 즉석에서 지어 불렀다. 그때까지 비는 내리지 않았다. 오히려 하늘 높이 달이 떴고 공기가 청명했으며, 절벽 아래 공동묘지 여기저기서 도깨비불이 반짝였다. 언덕 맞은편에는 달빛을 받은 푸른 바나나 나무숲, 서글퍼 보이는 늪지들, 그리고 카리브 해의 반짝거리는 수평선이 보였다. 산띠아고 나사르는 바다에서 깜박거리던 불빛 하나를 가리키며 그것은 세네갈에서 흑인 노예들을 실어 오다가 까르따헤나 데 인디아스 만 앞에서 침몰해 버린 어느 노예선의 서글픈 혼령이라고 설명했다. 비록 앙헬라 비까리오의 짧은 결혼 생활이 두 시간 전에 이미 끝나 버렸다는 사실을 당시 산띠아고 나사르가 몰랐다고는 할지라도, 그가 뭔가 마음이 불편한 상태라고 생각하기는 불가능했다. 바야르도 산 로만은 자동차 엔진 소리 때문에 자신의 불행이 미리 알려질까 봐 걸어서 그녀를 친정에 데려다 놓고 다시 혼자 되돌아와서는 시우스 노인이 행복하게 살았던 집에 불을 끈 채 처박혀 있었다.

언덕을 내려가면서 내 동생이 아침 식사로 시장 노점에서 생선 튀김을 사겠다고 우리를 초대했으나, 산띠아고 나사르는 주교가 도착하기 전에 한 시간 정도 자고 싶었기 때문에 그 청을 거절했다. 그는 끄리스또 베도야와 함께 강둑을 걸어서 막 불이 켜지기 시작하던 옛 항구의 싸구려 객줏집들 옆을 지나갔고, 길모퉁이를 돌기 전에 손을 흔들어 작별 인사를 했다. 우리가 마지막으로 본 그의 모습이었다.

끄리스또 베도야는 나중에 항구에서 다시 만나자는 약속을 하고, 그의 집 뒷문 앞에서 그와 헤어졌다. 그가 들어오는 소리에 개들이 여느 때처럼 짖어 대자 그는 어스름 속에서 열쇠를 딸랑거려 개들을 진정했다. 집 안으로 들어가기 위해 부엌을 통과했을 때 빅또리아 구스만은 화덕에 얹어 둔 커피 주전자를 지켜보고 있었다.

"이봐요 백인 총각, 커피 다 준비돼 가요."

산띠아고 나사르는 나중에 마시겠노라고 말하고, 디비나 플로르를 시켜 새벽 5시 30분에 자기를 깨우고, 당시 입었던 것과 같은 분위기의 깨끗한 옷을 갈아입게 가져다 달라고 부탁했다. 그가 잠을 자러 올라가자마자 빅또리아 구스만은 우유를 구걸하는 여자 거지를 통해 끌로띨데 아르멘따가 보낸 전갈을 받았다. 그녀는 5시 30분에 깨워 달라는 그의 명령을 따랐지만, 주인 나리의 손아귀로부터 어떻게 해서든 딸을 지켜 내고 싶었기 때문에 디비나 플로르를 보내는 대신 몸소 하얀 리넨 옷을 들고 그의 침실로 올라갔다.

마리아 알레한드리나 세르반떼스는 대문에 빗장을 걸어 놓지 않았다. 동생과 헤어진 나는 흑백 혼혈 아가씨들의 고양이들이 몸을 웅크린 채 튤립 사이에서 잠을 자는 베란다를 가로질러 노크도 하지 않고 그녀의 침실 문을 열었다. 불은 꺼져 있었으나, 침실 안으로 들어서자마자 따스한 여자의 체취가 났고, 나는 어둠 속에서 잠 못 이루는 암표범의 눈을 보았는데, 그 이후부터 종소리가 울리기 시작했을 때까지 내가 어떤 상태였는지는 더 이상 알 수가 없었다.

집으로 가는 도중 내 동생은 담배를 사러 끌로띨데 아르멘따의 가게에 들렀다. 술을 너무 많이 마셔서 그 당시의 기억은 언제나 혼란스러웠지만, 뻬드로 비까리오가 그에게 권한 독주의 맛은 결코 잊지 않았다. "술이 아니라 불 같았어." 동생이 내게 말했다. 막 졸기 시작한 빠블로 비까리오는 그가 들어오는 소리에 놀라 잠에서 깨어난 뒤 그에게 칼을 보여 주며 말했다.

"우린 산띠아고 나사르를 죽일 거야."

내 동생은 그 말을 들은 기억이 없다고 했다. "설사 들었다고 하더라도 믿지는 않았을 거야." 그가 여러 번에 걸쳐 내게 말했다. "그 쌍둥이가, 그것도 돼지 잡는 칼로, 사람을 죽이리라는 생각을 감히 어느 누가 할 수 있었겠어!" 동생과 산띠아고 나사르가 함께 다니는 것을 본 적이 있던 그들은 잠시 후 산띠아고 나사르가 어디에 있느냐고 동생에게 물었는데, 동생은 당시 그들에게 뭐라 대답했는지 기억나지 않는다고 말했다. 하지만 내 동생의 대답을 듣고 깜짝 놀란 끌로띨데 아르멘따와 비까리오 형제는 각자 따로 행한 진술에서 그 내용을 밝혔고, 이는 수사 보고서에 기록되었다. 그들의 얘기에 따르면, 당시 내 동생은 이렇게 말했다. "산띠아고 나사르는 죽었어." 그리고 그는 사제처럼 축복의 말 한마디를 내뱉고 나서 문지방에 걸려 한번 휘청거리더니 비틀거리며 가게를 나갔다. 그는 광장 한가운데서 아마도르 신부와 마주쳤다. 신부는 미사복을 갖춰 입고서 항구 쪽으로 가고 있었고, 종을 울리는 복사 한명과 주교의 야외 미사용 제단을 든 도우미 몇이 그 뒤를 따르고 있었다. 비까리오 형제는 그들이 지나가는 모습을 보며 성호를 그었다.

끌로띨데 아르멘따는 본당 신부가 가게 앞을 스쳐 지나가 버렸을 때 비까리오 형제가 마지막 희망을 잃어버렸다고 내게 말했다. "나는 신부님이 내 전갈을 못 받은 거라 생각했어." 그녀가 말했다. 하지만 여러 해가 지난 뒤 세상을 등진 채 음침한 깔라펠 요양소에서 은거하던 아마도르 신부는 자신이 항구로 나갈 준비를 하는 동안 끌로띨데 아르멘따의 전갈뿐 아니라 그보다 더 명확한 다른 전갈도 몇 개 받은 게 사실이라고 내게 털어놓았다. "사실을 말하자면 당시 나는 어떻게 해야 할지를 몰랐어. 그런 사건은 내가 아니라 당국이 처리해야 한다는 생각이 맨 먼저 떠올랐지만, 나는 지나가는 길에 빨라시다 리네로에게 알려 주어야겠다고 다시 결심했어." 하지만 광장을 가로질러 갔을 때 그는 그 일을 까마득히 잊고 있었다. "자네가 이해해야 해. 그 불운한 날에 주교님이 오셨잖아." 범행이 자행된 순간 그는 너무 절망하고, 자기 자신이 너무나도 싫었기 때문에 화재 경보 종을 울리라고 해야겠다는 생각밖에 들지 않았다.

내 동생 루이스 엔리께는 우리가 드나드는 낌새를 아버지가 알아채지 못하도록 어머니가 일부러 잠가 놓지 않은 부엌문을 통해 집 안으로 들어갔다. 잠을 자기 전에 화장실에 갔다가 변기에 앉은 채 잠이 들어 버린 그는, 동생 하이메가 학교에 가려고 일어나 보니, 타일 바닥에 엎드린 채 잠들어 잠꼬대로 노래를 흥얼거리고 있었다. 지독한 숙취 때문에 주교를 맞으러 나갈 생각을 하지 않고 있던 내 수녀 여동생은 그를 깨울 수가 없었다. "내가 화장실에 들어갔을 때 시계가 새벽 5시를 쳤어." 그녀가 내게 말했다. 나중에 여동생 마르곳이 항구로 나가기 전 샤워를 하려고 화장실에 들어갔다가 간신히 그를 자기 침실까지 끌어다 놓았다. 루이스 엔리께는 비몽사몽간에 주교가 타고 오는 배의 첫 고동 소리를 들었다. 그러고는 떠들썩한 파티에 녹초가 된 몸으로 깊은 잠에 빠져들었는데, 얼마 뒤 수녀 여동생이 달리기 경주를 하는 사람처럼 허둥지둥 침실로 뛰어 들어와 미친 듯이 소리를 지르며 그를 깨웠다.

"그들이 산띠아고 나사르를 죽였어!"

4

시신을 칼로 여기저기 훼손한 것은 의사 디오니시오 이구아란이 부재중이라 까르멘 아마도르 신부가 몸소 실시해야 했던 무자비한 부검의 시작일 뿐이었다. "그를 한 번 더 죽이는 듯한 심정이었어." 깔라펠에서 은거하던 옛 본당 신부가 내게 말했다. "하지만 그건 시장의 명령이었고, 또 그 야만인의 명령은 아무리 어리석은 것이어도 마땅히 이행되어야 했으니까." 그것은 전혀 합당치 않은 처사였다. 그 황당한 월요일의 혼란 속에서 아뿐떼 대령은 전보로 도지사와 한 차례 긴급 대화를 했고, 도지사는 자신이 수사 판사를 파견할 때까지 예비 조치를 취할 수 있는 권한을 대령에게 부여했다. 시장은 전직 장교로서 법적인 문제에는 경험이 전무했지만 자만심이 너무 강한 탓에 어디서부터 시작해야 할지 알 만한 사람에게 자문을 구하지도 않았다. 맨 처음 그의 골치를 썩인 것은 시신 부검 문제였다. 의대생이던 끄리스또 베도야는 산띠아고 나사르와 절친한 친구라는 이유로 그 일을 모면할 수 있었다. 시장은 의사 디오니시오 이구아란이 돌아올 때까지 시신을 냉장고에 보관해야겠다고 생각했지만 성인 한 명을 넣을 만한 크기의 냉장고는 찾을 수가 없었고, 시장에 있던 단 한 대뿐인 대형 냉장고는 그나마 고장이 나 있었다. 돈 많은 사람에게 어울리는 관을 짜는 동안 시신은 사람들이 볼 수 있도록 좁다란 간이 쇠 침대에 눕혀 응접실 중앙에 놓였다. 그 집 침실들과 몇몇 이웃집에 있던 선풍기를 가져다 놓았지만 너무 많은 사람이 시신을 보러 몰려오는 바람에 응접실 가구를 다른 곳으로 치우고 천장에 걸린 새장들과 양치류 화분들을 떼어 내도 응접실 안의 열기는 견디기 힘들었다. 게다가 송장 냄새를 맡고 흥분한 개들은 갈수록 안절부절못했다. 산띠아고 나사르가 부엌에서 여전히 죽음의 고통을 겪고 있을 때, 내가 그 집에 들어가 보니 디비나 플로르가 통곡을 하면서 개들이 산띠아고 나사르에게 다가오지 못하도록 몽둥이로 내쫓았는데, 그 이후로 개들이 그렇게 쉬지 않고 짖어 댔던 것이다.

"날 좀 도와줘요." 당시 그녀가 내게 소리쳤다. "개들이 그의 내장을 먹으려 한다고요."

우리는 개들을 구유가 있는 곳에 가둬 놓고 문을 잠가 버렸다. 나중에 뿔라시다 리네로는 장례식이 끝날 때까지 개들을 어디 먼 곳에 데려다 놓으라고 조치했다. 하지만 정오 무렵에 어찌 된 영문인지 개들이 가둬 둔 곳에서 도 망쳐 나와 미친 듯이 집 안으로 달려들었고 뿔라시다 리네 로는 평생 처음으로 통제력을 상실해 버렸다.

"이런 똥개 새끼들이! 저것들을 다 죽여 버려요!"

명령은 즉시 집행되었고 집 안은 다시 조용해졌다. 그 때까지는 시신의 상태를 전혀 걱정하지 않았다. 얼굴은 그 가 노래할 때의 표정 그대로였고, 끄리스또 베도야가 내장 을 제자리에 집어넣은 뒤 시신의 상처 부위를 리넨 밴드로 감싸 주었다. 하지만 오후가 되자 상처에서 시럽 색깔 액 체가 흘러내리면서 파리가 꾀고, 윗입술에 자주색 반점 하 나가 생기더니 물 위로 구름 그림자가 어리듯 아주 서서히 이마 끝까지 번져 나갔다. 살아 있을 때처럼 관후해 보이 던 그의 얼굴이 험상궂게 일그러지자 어머니 뿔라시다 리 네로가 손수건으로 덮어 주었다. 그러자 아뽄떼 대령은 더 이상 지체할 수 없음을 깨닫고 아마도르 신부에게 시신을 부검하도록 지시했다. "매장한 지 일주일이 지나 시신을 다시 파서 하는 것보다는 훨씬 나을 겁니다." 시장이 말했다. 신부는 살라망까에서 일반의학과 외과학을 공부했지만 졸업하기 전 신학교에 들어갔고, 시장 자신도 신부가 행하는 부검은 법적인 효용이 없다는 사실을 알았다. 그래도 그는 그렇게 하도록 했다.

부검은 약제사가 기록하고, 마침 방학을 맞아 마을에 와 있던 의과대학 1학년 학생이 돕는 가운데 마을 공립학교 건물에서 실시되었는데 그것은 일종의 학살이었다. 작은 수술에 쓰는 기구 몇 개가 준비되었을 뿐, 나머지는 공예용 연장들이었다. 시신은 만신창이가 되었지만 아마도르 신부의 부검 감정서는 정확하게 작성된 것처럼 보였고, 수사 판사는 그것을 유익한 증거의 일부로 수사 보고서에 집어넣었다.

수많은 자상 가운데 일곱 군데가 치명적이었다. 전면에서 두 번에 걸쳐 깊이 찔리는 바람에 간이 거의 잘렸다. 위는 네 군데를 찔렸는데, 그 가운데 하나는 몹시 깊이 찔려 위를 완전히 꿰뚫고 나가서 췌장까지 파괴해 버렸다. 횡행 결장은 여섯 군데를 가볍게 찔렸고, 소장에도 수많은 상처가 났다. 유일하게 등 쪽에서 맞은 칼은 세 번째 요추 부근을 뚫고 들어가 오른쪽 신장을 찔렀다. 복강은 커다란 핏덩이들로 가득 찼고, 위 속에 든 진흙 같은 내용물과 대변 같은 물질 사이에서 산띠아고 나사르가 네 살 때 삼킨 금메달이 나왔다. 흉강은 두 군데를 찔렸는데, 하나는 오른쪽 두 번째 갈비뼈 부근을 통과해 폐에 이르렀고, 또 하나는 왼쪽 겨드랑이 바로 옆이었다. 팔과 손에도 자잘한 상처 여섯 개가 있었고, 오른쪽 넓적다리와 배 근육에 각각 수평으로 베인 자국이 하나씩 있었다. 오른 손바닥은 칼에 깊이 찔렸다. 부검 감정서에는 "십자가에 못 박히신 예수 그리스도의 성흔처럼 보인다."고 기록되었다. 뇌의 무게는 보통 영국인의 뇌 무게보다 60그램이 더 나갔는데, 아마도르 신부는 부검 감정서에다 산띠아고 나사르는 지능이 뛰어나고 장래가 촉망되던 젊은이였다고 기록했다. 하지만 간염을 제대로 치료하지 못한 탓인지 간 비대 증세가 있다고 부검 감정서 마지막에 지적했다. "어쨌든 그건 불과 몇 년을 못 살고 죽었을 거라는 뜻이지." 신부가 내게 말했다. 실제로 산띠아고 나사르가 열두 살 때 앓았던 간염을 치료해 준 의사 디오니시오 이구아란은 그 부검을 회고하며 버럭 화를 냈다. "신부니까 그런 무식한 말을 했지! 그 같은 무식쟁이가 우리처럼 열대 지역에 사는 사람들의 간은 갈리시아* 얼간이들의 간보다 더 크다는 사실을 어떻게 이해하겠어!" 부검 감정서는 일곱 군데의 치명상 중 한 부분에서 발생한 대량 출혈이 직접적인 사인이라고 결론지었다.

* 스페인 갈리시아 지방을 말한다.

그들은 완전히 달라져 버린 시신 한 구를 우리에게 되돌려 주었다. 두개골에 구멍을 뚫느라 머리 반쪽은 부서졌고, 죽은 뒤에도 변함없이 잘생겼던 얼굴은 알아보지 못할 정도였다. 게다가 본당 신부는 난도질당한 내장을 통째 들어냈다가 부검을 마친 뒤 어떻게 처리해야 할지 몰라 투덜투덜 강복을 한 뒤 쓰레기통에 던져 버렸다. 학교 건물 창문 밖에서 부검 장면을 들여다보던 마지막 구경꾼들도 끝내는 호기심조차 잃었고, 조수는 실신해 버렸으며, 폭압적인 학살을 숱하게 보고 자행해 왔던 라사로 아쁜떼 대령조차도 심령주의자에서 채식주의자로 변해 버렸다. 속이 빈 몸체는 헝겊과 생석회로 채운 뒤 거친 삼실을 돗바늘에 꿰어 대충대충 꿰매 놓았는데, 우리가 내부에 비단 천을 덧댄 관에 시신을 안치하려 했을 때는 꿰맨 부분이 금방이라도 터질 것 같았다. "그렇게 꿰매면 더 오래갈 줄 알았지." 아마도르 신부가 내게 말했다. 하지만 그 반대였다. 시신 상태가 너무나 좋지 않아서 더 이상 집 안에 두고 볼 수가 없었기 때문에 우리는 새벽녘에 서둘러 시신을 매장해야 했다.

잔뜩 흐린 어느 화요일의 동이 트고 있었다. 그 숨 막히는 과정이 다 끝난 뒤 혼자 잠을 잘 용기가 나지 않던 나는 혹시 마리아 알레한드리나 세르반떼스가 대문에 빗장을 걸지 않았을 수도 있다고 생각하고서 그녀의 집 대문을 밀었다. 나무 여기저기에 걸린 조롱박 등에는 불이 켜져 있고, 무도장으로 쓰이는 마당에는 김이 모락모락 피어오르는 커다란 냄비들을 얹은 장작불 화로 몇 개가 있었는데, 그곳에서 흑백 혼혈 아가씨들이 파티복에 조의를 표하는 검정 물감을 들이고 있었다. 새벽에 잠이 깬 마리아 알레한드리나 세르반떼스는 집 안에 낯선 사람이 없을 때면 늘 그렇듯 완전히 발가벗은 상태였다. 그녀는 음식이 담긴 바빌로니아식 쟁반을 앞에 두고 여왕의 것 같은 침대 위에 요염한 터키 미녀처럼 앉아 있었다. 송아지 갈비, 삶은 암탉, 돼지 등심에 쁠라따노와 채소를 곁들인 것으로, 다섯 사람이 먹을 만한 분량이었다. 그녀는 울고 싶을 때면 항상 엄청나게 과식했는데, 나는 그녀가 그때처럼 애통해 하는 것을 본 적이 없었다. 옷을 입은 채 그녀 옆에 누운 나는 말은 거의 하지 않고 내 방식대로 울었다. 산띠아고 나사르의 가혹한 운명을 생각했다. 그는 20년 동안 누린 행복의 대가로 죽음을 당했을 뿐만 아니라 몸이 만신창이가 되어, 결국 산산이 흩어져 소멸해 버린 것이다. 나는 어떤 여자가 여자아이를 안고 방 안으로 들어오는 꿈을 꾸었다. 아이가 숨 쉴 새도 없이 허겁지겁 옥수수를 씹었는데, 반쯤 씹은 옥수수 알갱이들이 그 여자의 브래지어 속으로 떨어졌다. 여자가 내게 말했다. "이 애는 꼭 동고비처럼 칠칠맞지 못하게 오도독 소리를 내며 옥수수를 씹어 먹는다니까요." 나는 갑자기 내 셔츠 단추를 끄르는 뜨거운 손길을 느끼고, 내 등 뒤에 누워 있던 욕정에 불타는 여자의 위험한 냄새를 맡고, 나 자신이 그녀의 부드럽고 감미로운 유사*에 빠져들고 있다고 느꼈다. 하지만 그녀가 갑자기 동작을 멈추더니 고개를 돌려 들릴락 말락 헛기침을 하면서 내 몸에서 미끄러지듯 빠져나가 버렸다.

"도저히 할 수가 없어. 네 몸에서 그 친구 냄새가 나거든."

나뿐만이 아니었다. 그날은 모든 것이 계속해서 산띠아고 나사르의 냄새를 풍겼다. 비까리오 형제는 시장이 자신들을 어떻게 처리해야 할지 결정하는 동안 감금해 놓은 감방 안에서도 그의 냄새를 느꼈다. "아무리 비누칠을 하고 수세미로 박박 문질러 대도 그 친구 냄새를 지울 수가 없었어." 뻬드로 비까리오가 내게 말했다. 그들은 내리 사흘 밤을 뜬눈으로 지새웠지만 잠이 들면 곧 꿈속에서 또다시 그를 살해할 것 같았기 때문에 도저히 눈을 붙일 수가 없었다. 이제 노인이 다 된 빠블로 비까리오는 도무지 끝나

---

* 流砂. 유사는 그 위를 걷는 사람이나 짐승을 빨아들인다.

지 않을 것 같던 그날의 자기 상태를 내게 설명하려 애쓰며 담담하게 말했다. "잠이 오기는커녕 정신이 두 배로 총총해지는 느낌이 들더군." 이 말을 들은 나는 그들이 감방에서 가장 고통스러웠던 것은 불면증이었을 거라는 생각을 했다.

감방은 가로 세로가 각각 3미터 정도 되는데, 벽에는 철봉으로 보강한 채광창 하나가 아주 높이 달렸고, 안에는 휴대용 변기 하나, 대야와 주전자가 딸린 세면대 하나, 짚깔개를 깐 간이침대 두 개가 있었다. 감옥을 짓도록 조치했던 아쁜떼 대령은 가끔 그보다 더 인간적인 호텔은 없다고 말했다. 내 동생 루이스 엔리께도 그 말에 동의했다. 어느 날 밤 악사들과 싸움을 벌이는 바람에 감방에 갇힌 그에게 시장이 자선을 베풀어 어느 흑백 혼혈 아가씨와 함께 밤을 보내도록 허락해 주었던 것이다. 아마 비까리오 형제도 감방에 갇힌 다음 날 오전 8시에, 자신들이 아랍인들의 손에서 안전하게 벗어났다고 느꼈을 때 시장과 같은 생각을 했을 것이다. 그 순간 그들은 자신들의 의무를 명예롭게 완수했다는 사실에 위안을 느꼈는데, 단 한 가지 걱정스러웠던 것은 집요하게 남아 있는 그 냄새였다. 그들은 충분한 물과 빨랫비누, 수세미를 달라고 해서 팔과 얼굴에 묻은 핏자국을 지우고 셔츠도 벗어 빨았으나 도무지 안정을 취할 수가 없었다. 뻬드로 비까리오는 설사제와 이뇨제, 그리고 자신의 음경을 감싸 놓은 거즈를 갈아 주기 위한 살균 처리된 거즈 한 묶음도 달라고 했고, 아침에 두 번 소변을 볼 수 있었다. 하지만 시간이 하루 흐르자 상황이 너무 힘들어져서 이제 냄새는 두 번째 문제가 되었다. 오후 2시쯤 되자 푹푹 찌는 더위가 두 사람을 녹여 버릴 듯 기승을 부리는 바람에 뻬드로 비까리오는 침대에 눕지도 못할 만큼 지쳤는데, 바로 그 피로감 때문에 제대로 서 있을 수도 없었다. 사타구니 통증이 목까지 번지고, 소변이 막히고, 평생 다시는 잠을 이루지 못할 것이라는 무시무시한 확신에 사로잡혀 버렸다. "열한 달 동안 깨어 있었어." 그가 이렇게 말했을 때 그를 너무나 잘 알던 나로서는 그 말이 사실이라고 믿을 수밖에 없었다. 그는 점심 식사도 할 수 없었다. 한편 빠블로 비까리오는 자기에게 가져다주는 것을 뭐든지 조금씩 먹었지만, 15분 정도가 지났을 때는 지독한 설사를 하고 말았다. 오후 6시경 산띠아고 나사르의 시신 부검이 실시될 무렵, 형에게 독을 넣은 음식물을 갖다주었다고 확신한 뻬드로 비까리오가 급히 시장을 불렀다. "주룩주룩 물똥만 싸 대는 거야." 빠블로 비까리오가 내게 말했다. "우리는 그게 다 그 터키 놈들*의 술책이라는 생각을 지울 수가 없었지." 그때까지 그는 휴

대용 변기가 두 번이나 넘칠 정도로 설사를 해 댔고, 그것도 부족해 간수가 그를 데리고 시청 변소를 여섯 번이나 다녀와야 했다. 아쁠떼 대령이 보니 간수가 지켜보는 가운데 문 없는 변소에 들어앉은 그가 정말 독을 먹었다고 생각하는 것도 무리가 아닐 정도로 물똥을 주룩주룩 싸 댔지만 그가 자기 어머니 뿌라 비까리오가 보내 준 물과 음식만 섭취했다는 사실이 밝혀지자 그런 의구심은 곧바로 사라져 버렸다. 하지만 깜짝 놀란 시장은 수사 판사가 도착해 그들을 리오아차의 원형 감옥으로 이송할 때까지 자기 집에 데려가 특별 보호를 해 주었다.

쌍둥이 형제가 느낀 공포는 거리에 가득 찬 분위기 때문이었다. 아랍 인들이 보복할 가능성이 사라지지 않고 있었지만, 비까리오 형제를 제외하고는 그 누구도 독살 가능성을 생각하지 못했다. 오히려 그들이 밤이 되기를 기다렸다가 천장 채광창으로 휘발유를 들이부어 감방 안에 있는 형제를 태워 버릴 거라는 예상이 더욱 지배적이었다. 하지만 그것은 지나치게 안일한 추측이었다. 아랍 인들은 20세기 초 카리브 해 지역의 마을들, 즉 가장 외지고 가난한 마을에까지 정착해 평화로운 이민자들로 이루어진 공

---

* 아랍 지역에서 온 이주민들을 흔히 이렇게 불렀다.

동체를 만들고, 저잣거리에서 염색한 옷감이나 자질구레한 싸구려 물건을 팔면서 살아갔다. 그들은 단결력 있고 근면한 가톨릭 신자였다. 자신들끼리만 결혼하고, 아랍 밀을 수입해 먹고, 마당에 양을 키우고 박하와 가지를 재배했으며, 그들이 유일하게 빠져들었던 유희는 카드놀이뿐이었다. 어른들은 조국에서 쓰던 거친 아랍 어를 그대로 썼고, 이 전통은 이민 2세대까지 그대로 보존되었지만, 3세대에 이르러서는 산띠아고 나사르를 제외하고는 부모가 아랍 어로 말하면 자식들은 스페인 어로 대답했다. 그런 상황이었기 때문에 우리 모두의 잘못이 유발했다고 할 어느 죽음 앞에서 그들의 양순한 기질이 돌변해 복수할 거라 생각할 수는 없는 일이었다. 그리고 운이 다하기 전에는 권세도 있었고, 호전적인 기질도 지녔으며, 그 집안의 혈통을 제대로 간직하여 술집에서 살인을 한 사람을 둘 이상 배출하기도 했건만, 쁠라시다 리네로의 가족이 보복할 것이라 생각한 사람도 아무도 없었다.

잡다한 소문에 걱정이 된 아뽄떼 대령은 아랍 인들을 가가호호 방문했는데, 적어도 그때만은 그가 올바른 결론을 내렸던 것이다. 대령이 확인해 보니 그들은 당황하고, 슬퍼하고, 각자의 제단에서 애도를 표했으며, 일부는 땅바닥에 주저앉아 통곡을 했다. 그 누구도 복수할 생각은 품지 않았다. 그날 아침의 반응들도 살인으로 인한 분노가 최고조에 이르렀을 때 나온 것으로, 그런 반응을 보인 사람들조차도 범인들에게 몰매를 주는 것 이상의 복수는 없을 것이라고 시인했다. 그뿐만이 아니었다. 시계풀과 쓴 쑥을 섞어 특효약을 만들어 빠블로 비까리오의 설사를 멎게 하고, 쌍둥이 형제의 막힌 소변 줄을 시원하게 터준 사람은 바로 나이가 백 살에 이른 여족장 수세메 압달라였다. 그때 뻬드로 비까리오는 불면으로 인한 가성 수면 상태에 빠져들었으며, 건강이 회복된 그의 형은 살인 사건이 벌어진 뒤 처음으로 양심의 가책을 느끼지 않은 채 잠과 화해할 수 있었다. 그것은 시장이 모자간에 작별 인사를 할 수 있도록 화요일 새벽 3시에 뿌라 비까리오를 그들에게 데려왔을 때 본 그들의 모습이었다.

결혼한 두 딸과 사위들까지 포함한 비까리오 가족은 아뿐떼 대령의 주도하에 모두 마을을 떠났다. 그들은 마을 사람들이 모두 기진맥진해 있을 때 남들 눈에 띄지 않게 살짝 마을을 벗어났고, 그 사이 결코 돌이킬 수 없는 그날 살아남은 우리 가운데 잠을 자지 않고 있던 몇 사람은 산띠아고 나사르를 매장하고 있었다. 비까리오 가족은 시장의 결정에 따라 분위기가 진정될 때까지 마을을 떠나 있기로 했으나 다시는 돌아오지 않았다. 뿌라 비까리오는 소박

맞은 딸의 얼굴에 난 매 맞은 상처를 사람들이 볼 수 없도록 얼굴을 천으로 감싸 주고, 누구도 그녀가 숨겨 놓은 애인의 죽음을 애도하고 있다고 생각하지 않도록 화사한 빨간색 옷을 입혔다. 떠나기 전, 뿌라 비까리오는 아마도르 신부더러 감방에 가서 아들들의 고해 성사를 집전해 달라고 부탁했으나, 뻬드로 비까리오는 거절했고, 그는 형에게도 자신들은 참회할 것이 전혀 없다고 확신하게 했다. 이제 형제만 남았는데, 리오아차 감옥으로 이송되던 날에는 완전히 기운을 차리고 옳은 일을 했다는 확신에 차 있었기 때문에 가족들처럼 밤중이 아니라 대낮에, 그것도 당당하게 얼굴을 드러낸 채 자신들을 옮겨 주기를 원했다. 아버지 뽄시오 비까리오는 얼마 되지 않아 세상을 떠났다. "양심의 가책 때문에 돌아가셨지." 앙헬라 비까리오가 내게 말했다. 쌍둥이 형제는 사면된 뒤 리오아차에 머물렀고, 가족들은 그곳에서 하루 정도면 닿을 수 있는 마나우레에 살았다. 쁘루덴시아 꼬떼스는 그곳으로 가서 빠블로 비까리오와 결혼했고, 그는 아버지의 작업실에서 금은 세공술을 배워 훌륭한 세공사가 되었다. 뻬드로 비까리오는 애인도 직업도 없이 지내다 3년 뒤 다시 입대해 결국 상사 계급장을 달았는데, 어느 화창한 날 오전 그가 소속된 순찰대는 창녀들이 즐겨 부르는 노래를 부르며 게릴라가 활동

하던 지역으로 들어갔다가 영영 소식이 끊기고 말았다.

수많은 사람이 희생자는 단 한 사람이라 생각했다. 그 희생자는 바로 바야르도 산 로만이었다. 다들 그 비극의 다른 주인공들은 삶이 각자에게 지정해 준 몫을 품위 있게, 그리고 어떤 의미로는 위대하게 완수했다고 생각했다. 산띠아고 나사르는 자신이 저지른 무례를 속죄했고, 비까리오 형제는 사내대장부임을 입증했으며, 농락당한 여동생은 명예를 되찾았다는 것이다. 모든 것을 잃어버린 단 한 사람은 바로 바야르도 산 로만이었다. 그 후 몇 년 동안 그는 '불쌍한 바야르도'라고 기억되었다. 하지만 그 다음 주 토요일 월식이 발생한 뒤까지는, 그러니까 시우스 노인이 자기 옛집에서 파르스름한 새 한 마리가 날개를 퍼덕거리며 날아다니는 것을 보고 그것이 자기 것을 되찾기 위해 온 아내의 혼백이라 생각했다고 시장에게 말했을 때까지는, 다들 바야르도 산 로만을 까마득히 잊어버렸다. 시장이 이마를 손바닥으로 탁 쳤는데, 이는 노인이 한 말과는 전혀 상관이 없는 행동이었다.

"이런 제기랄! 그동안 그 불쌍한 친구를 완전히 잊었군!"

시장이 순찰 대원들과 함께 언덕으로 올라가 보니 집 앞에 덮개를 벗겨 놓은 자동차가 서 있고, 침실에 외로운 불빛 하나가 외롭게 켜져 있었으나, 아무리 불러 봐도 대답이 없었다. 그들은 어느 옆문을 강제로 열고 들어가 월식의 잔영이 비쳐드는 방들을 둘러보았다. "모든 게 물 속에 잠긴 것 같았어." 시장이 내게 말했다. 바야르도 산 로만은 뿌라 비까리오가 화요일 새벽에 보았을 때처럼 화려한 예복 바지와 실크 셔츠를 그대로 입은 채 신발만 벗고 인사불성이 되어 침대에 누워 있었다. 바닥에는 빈 술병들이 흩어져 있고, 침대 옆에는 마개를 따지 않은 술병이 빈 병보다 더 많이 널려 있었으나, 음식을 먹은 흔적은 전혀 없었다. "알코올 중독 말기더군." 그에게 응급 치료를 해 준 의사 디오니시오 이구아란이 내게 말했다. 하지만 그는 불과 몇 시간 뒤에 의식을 되찾았고, 정신이 들자마자 최대한 예의를 갖춰 그들을 집에서 내보냈다.

"아무도 날 귀찮게 할 수 없습니다. 백전노장인 내 아버지라도 말입니다."

시장은 뻬뜨로니오 산 로만 장군에게 우려를 표한 긴급 전보 한 통을 보내서 이 일을 곧이곧대로 샅샅이 알렸다. 하지만 산 로만 장군이 아들을 찾아 몸소 오지 않았고, 대신 아내와 두 딸, 그리고 그 자매보다 나이가 조금 더 들어 보이는 여자 둘을 보냈던 것으로 판단해 보건대, 아들의 의지를 액면 그대로 수용했음에 틀림없었다. 그 여자들은 바야르도 산 로만의 불행을 슬퍼하는 뜻에서 목까지 가리는 상복을 입고 머리를 풀어헤친 채 화물선을 타고 그곳에 도착했다. 배에서 신발을 벗어 맨발로 땅을 밟은 그들은 자신들의 머리카락을 쥐어뜯고, 환호성을 지른다는 느낌이 들 정도로 높고 날카로운 소리로 울어 대면서 타는 듯 뜨거운 먼지가 휘날리는 정오의 거리를 통과해 언덕으로 올라갔다. 나는 막달레나 올리베르의 집 난간에서 그들이 지나가는 모습을 보았는데, 당시 여자들의 그 같은 비탄은 다른 크나큰 수치심을 감추기 위해 짐짓 꾸며 낸 것이었을 수 있다는 생각이 들었다.

라사로 아뿐떼 대령은 그들과 함께 언덕 위의 집까지 올라갔고 나중에 의사 디오니시오 이구아란도 긴급한 상황이 발생할 때 이용하던 노새를 타고 그곳으로 갔다. 해가 기울 무렵, 시청에서 나온 관리 둘이 바야르도 산 로만을 해먹에 눕혀 담요를 머리끝까지 뒤집어씌운 뒤 나무 막대에 해먹을 끼워 어깨에 메고 통곡하는 여자들을 딸린 채 언덕을 내려왔다. 막달레나 올리베르는 그가 죽었다고 생각했다.

"겁쟁이. 쓰레기 같은 인간!"

그는 알코올 때문에 다시 인사불성이 되었을 뿐이었지만, 축 늘어져 땅에 질질 끌리던 오른 팔을 그의 어머니가 해먹 위로 올려놓자마자 또다시 축 늘어졌다. 그래서 언덕 위에서 배 갑판에 오를 때까지 땅에 자국이 남아 산 사람을 옮겨 가고 있다고는 생각하기 어려운 상황이었다. 그 자국이 바로 그가 우리에게 남긴 마지막 흔적이었다. 어느 희생자에 대한 기억이었다.

그들은 시우스 노인의 집을 그대로 두고 떠났다. 나와 내 동생들은 방학 때 집에 돌아와 떠들썩한 술 파티를 벌이는 날 밤이면 그 집에 올라가 보았는데, 갈 때마다 버려진 방들에 있던 값나가는 물건의 숫자가 점점 줄어들어 있었다. 한번은 앙헬라 비까리오가 결혼식 날 밤에 어머니에게 보내 달라고 했던 조그만 가방을 발견했으나 우리는 전혀 중요하게 생각하지 않았다. 우리가 가방 안에서 본 물건들은 그저 여자들이 몸을 청결하게 하고 단장하는 데 쓰는 일상 용품처럼 보였다. 여러 해가 지난 뒤 앙헬라 비까리오가 그녀의 후견인 친구들에게서 배운 남편을 속이는 술수가 무엇이었는지 내게 밝혔을 때 비로소 그 물건들의 진짜 용도를 알게 되었다. 그 가방은 다섯 시간 동안 결혼한 여자로 머물던 그녀가 그녀의 집에 남겨 놓은 유일한 흔적이었다.

몇 년 뒤 내가 이 연대기의 마지막 증거들을 찾기 위해 다시 돌아왔을 때는 과거 욜란다 시우스가 누리던 행복의 잔불마저도 남아 있지 않았다. 라사로 아뽄떼 대령이 집요하게 감시했지만, 완제품은 문으로 들어가지 않아 몸뽁스의 일류 장인들이 분해한 뒤 집 안으로 들여다 짜 맞춘 전신 거울 여섯 개가 달린 커다란 옷장을 포함한 세간들이 차츰차츰 없어졌다. 처음에 홀아비 시우스는 이 모든 일이 죽은 아내가 원래 자기 것이던 물건들을 되찾아 가기 위해 부리는 술수라 여기고 무척 기뻐했다. 그럴 때마다 라사로 아뽄떼 대령은 그를 조롱했다. 하지만 어느 날 밤에 대령은 그 의문을 말끔하게 해소하기 위해 강령회(降靈會)를 열어야겠다고 생각했고, 욜란다 시우스의 영혼은 죽음의 세계에 있는 자신의 집을 꾸밀 셈으로 과거 행복했던 시절의 자질구레한 세간을 하나씩 되찾아 간 사람이 실제로 그녀 자신이었다는 사실을 직접 써서 라사로 아뽄떼 대령에게 보여 주었다. 농장 집은 무너져 내리기 시작했다. 문 옆에 세워 둔 결혼식 자동차는 파괴되었고, 마지막에는 비바람에 녹이 슬어 버린 뼈대만 남았다. 여러 해가 지나도록 집주인은 감감무소식이었다. 수사 보고서에 그의 진술 하나가 들어 있었지만, 너무 짧고 의례적인 내용이어서 마지막 순간 서류에 반드시 필요한 격식을 갖추느라 짜깁기해 넣은 것 같은 느낌이 들었다. 그로부터 23년이 지난 뒤 내가 단 한 번 그와 대화를 나누고자 했을 때, 그는 왠지 공격적인 태도로 나를 맞이했고, 그 사건에서 그가 차지했던 역할을 조금이라도 밝혀 줄 만한 아주 사소한 사실마저도 알려 주기를 거부했다. 어찌 되었든 그의 부모조차도 우리보다 아는 것이 그리 많지 않았으며, 아들이 단 한번도 본 적이 없는 여자와 결혼하겠다는 표면적인 의도만으로 어느 후미진 마을을 찾아온 이유가 무엇인지도 전혀 몰랐다.

한편 앙헬라 비까리오에 관한 단편적인 소식이 간간이 들려왔는데, 나는 그 소식들을 통해 그녀의 모습이 어떠하리라는 것을 어느 정도 상상할 수 있었다. 마지막 남은 우상 숭배자들을 개종시키기 위해 얼마 동안 북부 구아히라 지방을 돌아다니던 내 수녀 여동생은 어머니가 딸을 생매장하려 했던 카리브의 소금기에 절은 어느 마을에 가끔 들러 앙헬라 비까리오와 얘기를 나누었다. "사촌 누이가 오빠에게 안부 전하더군." 내 여동생은 앙헬라 비까리오를 만나고 돌아오면 늘 내게 이렇게 말했다. 처음 몇 년 동안 역시 가끔 앙헬라 비까리오를 찾아갔던 여동생 마르곳은 그녀가 마당이 아주 넓고 사방으로 통풍이 잘 되는 튼튼한 집 한 채를 샀는데, 한 가지 골칫거리는 밀물이 되는 밤이면 화장실 변기 물이 역류하고, 퍼덕거리는 물고기들이 침실 안에서 새벽을 맞이하는 것이라고 내게 전해 주었다.

그 당시 앙헬라 비까리오를 본 사람이면 누구나 기계 자수에 몰두해 훌륭한 솜씨를 가진 그녀가 일을 통해 과거를 지워 버릴 수 있었다고 전했다.

많은 세월이 흐른 뒤, 내가 구아히라 지방 마을들을 돌아다니며 백과사전과 의학 서적을 팔던 어느 불확실한 시기에 우연히 죽음이 지배하는 듯한 그 인디오 마을에 이르게 되었다. 바다가 바라보이는 집 창가에서 가장 더운 시각에 금발이 잿빛으로 변한 여자가 쇠테 안경을 끼고 가벼운 상복을 입은 채 기계 자수를 놓고 있었고, 여자의 머리 위에 매달린 새장 속의 카나리아는 쉼 없이 노래를 부르고 있었다. 목가적인 액자처럼 보이는 창틀 안에 들어 있는 여자의 모습에서 나는 인생이 그렇게 영락없는 싸구려 소설처럼 끝나리라는 사실을 받아들이지 않고 있었기 때문에, 그가 바로 내가 당시까지 생각하던 바로 그 여자일 것이라 믿고 싶지 않았다. 하지만 그녀였다. 사건이 일어난 지 23년이 지난 뒤의 앙헬라 비까리오.

그녀는 언제나 그랬듯이 나를 먼 사촌처럼 대하면서 나의 물음에 아주 분별 있고 유머 넘치는 대답을 해 주었다. 어찌나 성숙하고 기지가 넘쳤던지 과거의 그녀와 같은 인물이라고 믿기가 어려울 지경이었다. 내가 가장 놀랐던 사실은 그녀가 결국 자기 인생을 자기 방식대로 수용해 버렸다는 것이었다. 채 몇 분이 지나지 않아 그녀는 처음 보았을 때만큼 나이가 들어 보이지도 않았고, 오히려 내 기억 속에 있던 모습과 유사할 정도로 젊어 보였다. 스무 살 때 사랑 없이 결혼해야 했던 여자와는 전혀 다른 사람이었다. 괴까다로운 할머니가 되어 있던 그녀의 어머니는 내가 마치 대하기 껄끄러운 유령이나 되는 듯 뜨악한 태도로 나를 맞이했다. 그녀가 과거사를 밝히지 않으려 했기 때문에 나는 결국 이 연대기를 위해 과거 그녀가 내 어머니와 나눈 대화 중 앞뒤가 맞지 않는 문장 몇 개를 듣고, 내 기억 속에 들어 있던 몇 개의 문장을 확인하는 데 만족해야 했다. 그녀가 온갖 수단을 동원해 앙헬라 비까리오를 생매장하려 했지만 딸이 자신의 불행을 결코 숨기려 들지 않았기 때문에 어머니의 노력은 수포로 돌아가고 말았다. 숨기기는커녕 오히려 그 반대였다. 결코 밝혀져서는 안 될 비밀만을 제외하고는, 듣고 싶어 하는 사람이라면 누구에게든 자세히 설명해 주었다. 그 비밀은 그녀의 불행을 유발한 남자가 정녕 누구였으며, 어떻게, 언제 그랬느냐 하는 것이었는데, 그것이 결코 밝혀지지 않은 이유는 그 사람이 실제로 산띠아고 나사르였을 거라고 믿어 주는 사람이 아무도 없었기 때문이다.

두 사람은 각자 완전히 다른 세계에 속했다. 두 사람이

114

함께 있는 것을, 더더구나 단둘이 있는 것을 본 사람은 단한 명도 없었다. 산띠아고 나사르는 그녀에게 관심을 두기에 콧대가 너무 높았다. 내게 그녀 얘기를 해야 했을 때 그는 늘 '바보 같은 네 사촌 누이'라고 지칭했다. 게다가당시 우리가 그에게 붙여 준 별명처럼 그는 한 마리의 새매였다. 자기 아버지처럼 그 지역 수풀 여기저기서 싹트기시작하는 바람난 처녀들의 봉오리를 닥치는 대로 꺾어 대며 홀로 돌아다녔지만, 마을에서는 정식 애인인 플로라 미겔과 맺은 관계, 그리고 열네 달 동안 그를 미치게 한 마리아 알레한드리나 세르반떼스와 맺은 격정적인 관계 외에 다른 여자들과 관계를 맺는다는 소문은 결코 없었다. 가장 널리 알려졌으면서도 아마 가장 왜곡된 해석은, 앙헬라 비까리오가 진실로 사랑하던 누군가를 보호해 주기 위해 오빠들이 감히 함부로 덤비지 못하리라 확신했던 산띠아고 나사르의 이름을 댔다는 것이다. 두 번째로 그녀를찾아갔을 때, 내 나름대로 모든 논리를 세워 놓고 그녀에게서 이에 관한 진실을 이끌어 내려고 애써 보았지만, 그녀는 자수판에서 눈길을 떼지도 않은 채 내 말을 묵살해버렸다.

"이봐 사촌, 그에 관한 건 더 이상 묻지 말아 줘. 그 사람이 맞단 말이야."

그녀는 다른 모든 일에 관해서는, 첫날밤에 겪은 그 끔찍한 일까지도 숨김없이 얘기했다. 자기 친구들이 침대에서 남편에게 인사불성이 되도록 술을 먹이고, 실제보다 더 부끄러워하는 척하여 남편이 침실 불을 끄게 만들고, 무모한 방법이지만 몸속에 명반 액을 주입하여 처녀인 척 꾸미고, 침대 시트에 머큐로크롬을 묻혔다가 이튿날 신혼집 마당에 내다 널라고 가르쳐 주더라고 했다. 하지만 그녀의 후견인 친구들은 두 가지 사항을 고려하지 않았다. 우선 바야르도 산 로만이 술에 아주 강하다는 점과, 앙헬라 비까리오가 겉으로는 어머니가 강요한 교육 탓에 어수룩해 보이지만 내면에는 고상한 성품을 지녔다는 점이었다. "친구들이 가르쳐 준 대로는 절대 하지 않았어. 생각하면 할수록 그 모든 게 그 누구에게도 해서는 안 되고, 운 나쁘게 나와 결혼하게 된 그 가엾은 남자에게는 더더욱 해서는 안 될 치사한 짓이라는 마음이 들었거든." 그래서 그녀는 자신의 인생을 파멸로 몰아넣은 그 두려움, 즉 세상사가 그녀에게 가르쳐 준 두려움을 모두 털어 버린 채 불이 환히 켜진 침실에서 스스럼없이 옷을 벗어 버렸다. "아주 쉬운 일이었어. 죽기로 작정을 했으니까."

사실 그녀는 자신의 속을 태우던 진짜 불행을 은폐하려고 자신의 다른 불행을 일말의 수치심도 느끼지 않은 채

116

이야기했다. 바야르도 산 로만이 그녀를 친정에다 데려다 놓은 순간부터 그가 한평생 그녀의 가슴에 남았다는 사실은, 그녀가 내게 털어놓겠다고 작정했을 때까지 그 누구도 짐작조차 하지 못했다. 그것은 최후의 일격과 같았다. "어머니가 날 때리기 시작했을 때 불현듯 그 사람 생각이 나기 시작했어." 그녀가 내게 말했다. 그 사람을 위해 맞는다는 것을 알았기 때문에 매가 덜 아팠다. 그녀는 주방 소파에 엎어져 흐느끼면서 스스로가 보아도 정말 놀랍게도 그를 생각하고 있었던 것이다. "매가 아파서라거나 그 사이에 일어난 일이 떠올라서 울었던 게 전혀 아니었어. 그 사람 때문에 울고 있었어." 그녀는 어머니가 준비한 아르니카 즙을 적신 습포를 얼굴에 붙이고 있는 동안에도, 길거리에서 고함 소리가 들리고, 종루에서 화재 경보종이 울리고, 어머니가 들어와 가장 힘든 일이 대충 다 끝났으니 이제 좀 잘 수 있겠다고 말했을 때도 줄곧 그를 생각했다.

그를 다시 만나리라는 그 어떤 희망도 없이 오랫동안 그를 생각하던 그녀는 언제가 눈 검사를 받는 어머니를 모시고 리오아차의 병원으로 가야 했다. 병원에서 집으로 오는 도중 모녀는 주인과 안면이 있던 뿌에르또 호텔에 들렀고, 뿌라 비까리오는 바에서 물 한 컵을 청했다. 어머니가 등을 돌린 채 물을 마시고 있을 때, 앙헬라 비까리오는 응접실 벽을 따라 쭉 걸린 똑같은 모양의 거울에서 그동안 자신이 생각하던 바로 그 사람을 보았다. 숨을 멈춘 채 고개를 돌린 앙헬라 비까리오는 그가 자신을 보지 못한 채 곁을 스쳐 호텔 밖으로 나가는 모습을 보았다. 그러고서 그녀는 억장이 무너지는 것 같은 마음으로 다시 어머니를 쳐다보았다. 물 한 컵을 다 들이켠 뿌라 비까리오가 소맷부리로 입술을 훔치고는 새로 맞춘 안경을 쓴 채 카운터에서 딸을 쳐다보며 씩 웃었다. 앙헬라 비까리오는 그 웃음에서 난생 처음으로 어머니의 참모습을 보았다. 자신의 결점을 사랑하는 데 헌신한 가엾은 여자. "염병할." 그녀가 혼잣말을 했다. 착잡한 마음을 가눌 길이 없어서 집으로 돌아오는 동안 내내 일부러 큰 소리로 노래를 부르고, 사흘 동안 침대에 드러누워 울기만 했다.

그녀는 새롭게 태어났다. "나는 다시 그 사람에게 미쳐 버렸어." 그녀가 내게 말했다. "제정신이 아니었다니까." 눈만 감으면 그의 모습이 떠오르고, 바다로부터 그의 숨소리가 들려오고, 침대 속에서는 그의 뜨거운 체온이 느껴져 한밤중에도 잠을 깨는 일이 부지기수였다. 단 한순간도 편하게 쉬지 못한 그녀는 주말에 그에게 첫 번째 편지를 썼다. 그가 호텔을 나가는 것을 보았는데, 그때 그도 자신을 보았더라면 좋았을 것이라고 적은 평범한 편지였다. 그녀는 헛되이 답장을 기다렸다. 두 달이 지났을 무렵 기다림에 지쳐 버린 그녀가 첫 편지처럼 완곡한 어조로 그에게 보낸 두 번째 편지의 유일한 목적은 그의 무례를 질책하기 위한 것처럼 보였다. 여섯 달이 지나는 동안 모두 여섯 통의 편지가 그에게 갔다. 단 한 번도 답장이 없었으나 반송되지 않은 것으로 보아 그가 계속해서 편지를 받았다는 사실을 확인한 것만으로도 만족스러웠다.

난생 처음으로 자기 운명의 주인이 된 앙헬라 비까리오는 당시 사랑과 증오는 서로 통하는 열정이라는 사실을 깨달았다. 편지를 보내면 보낼수록 열정의 불은 더욱더 활활 타올랐지만 어머니에게 느끼는 고소한 원한 역시 더욱 뜨거워졌다. "어머니를 보기만 해도 속이 뒤집혔지. 하지만 어머니를 보면 그 사람 생각이 났어." 결혼한 뒤 친정으로 쫓겨나게 된 그녀의 삶은 예전처럼 친구들과 기계 자수를 놓아 헝겊으로 튤립을 만들고, 종이로 새를 만드는 등 미혼 생활처럼 아주 단순하게 지속되었으나, 어머니가 잠이 들면 자기 방에 틀어박혀 새벽녘까지 기약 없는 편지를 써 댔다. 그녀는 명석하고, 오만하고, 자유 의지를 가진 여자가 되었고, 그 사람만을 위해 다시 처녀가 되어 갔으며, 자기 자신의 권위만을 인정했고, 자신이 집요하게 추구하는 것 이외에는 그 어떤 것도 하려 들지 않았다.

반평생 매주 한 통씩 편지를 썼다. "때로는 뭘 써야 할지 생각도 나지 않더라니까." 그녀가 우스워 죽겠다는 듯 내게 말했다. "하지만 그가 계속해서 편지를 받아 본다는 사실만으로도 충분했어." 처음에는 약혼녀의 짤막한 편지였다가, 내연의 정부가 보내는 쪽지 편지가 되었다가, 변심하기 쉬운 애인이 보낸 향수 뿌린 카드가 되고, 상업 통신문이었다가, 사랑의 서류가 되고, 마지막으로는 남편이 돌아오도록 몹쓸 병에 걸렸다고 거짓말을 늘어놓는 버림받은 아내의 노기 띤 편지가 되었다. 어느 기분 좋은 밤, 다 쓴 편지 위로 잉크병이 엎질러지자 그녀는 편지를 찢어 버리는 대신 다음과 같은 추신을 썼다. "당신을 향한 내 사랑의 증표로 내 눈물을 보냅니다." 이따금 울다 지친 그녀는 자신의 광기를 조롱하기도 했다. 그동안 우체국 여직원이 여섯 번이나 바뀌었는데, 여직원 여섯을 모두 공모자로 끌어들였다. 그녀의 머리에 떠오르지 않았던 단 한 가지 생각은 편지 쓰는 걸 포기하겠다는 것이었다. 하지만 그는 그녀의 광기에는 완전히 무감각한 듯해서 그녀의 편지는 수신자 없이 쓰는 것과 다름없었다.

10년째가 되던 어느 바람 부는 새벽, 그가 옷을 벗고 그녀의 침대에 들어왔다는 확신이 든 그녀는 잠에서 깨어났다. 그리고 그녀는 그 불행한 밤 이후로 마음속에 썩혀 왔던 쓰라린 진실을 그에게 숨김없이 고백하는 스무 장에 이르는 열정적인 편지를 썼다. 그가 그녀의 몸에 남겨 놓은 영원한 상처, 그의 혀가 남긴 짜릿한 느낌, 그의 거무스름한 음경이 남긴 뜨거운 흔적에 관해 언급했다. 금요일 오후마다 편지를 걷어 가기 위해 자수를 놓으러 오는 우체국 여직원에게 그 편지를 건네면서 자신에게 위안이 된 그 마지막 편지가 자신의 고통을 끝장내 줄 것이라 믿었다. 하지만 답장은 없었다. 그 뒤로는 이제 무엇을 쓰는 건지, 누구에게 쓰는 건지도 제대로 몰랐지만, 17년을 하염없이 계속해서 편지를 써 갔다.

8월 어느 날 정오, 친구들과 자수를 놓던 그녀는 누군가 문으로 다가오는 낌새를 챘다. 그가 누구인지 보지 않고서도 대번에 알 수 있었다. "살이 찌고, 머리가 벗겨지기 시작하고, 가까이 있는 것을 보려면 벌써 안경이 필요했어. 하지만 그였어. 맙소사, 바로 그였다니까!" 그녀는 자신이 그의 모습을 보고 정말 왜소해졌다고 느꼈듯이 그 또한 그녀의 모습을 보고 왜소해졌다고 느꼈다는 사실을 깨닫고는, 그리고 그녀가 그에게 품은 만큼의 사랑을 그가 그녀에게 품지 않았다는 생각을 하고는 깜짝 놀라고 말았다. 그는 그녀가 바자회에서 그를 처음 보았을 때처럼 땀에 젖은 셔츠를 입고, 과거와 똑같은 혁대를 차고, 은장식이 달리고 솔기가 뜯어진 똑같은 말 안장용 가죽 가방을 들고 있었다. 바야르도 산 로만은 깜짝 놀란 자수 친구들은 개의치 않은 채 한 걸음 다가서더니 가방을 재봉틀 위에 내려놓았다.

"그래. 나 여기 왔소."

그는 그곳에 머물 양으로 가져온 옷 가방에, 같은 모양의 다른 가방 하나를 더 갖고 왔는데, 그 가방 속에는 그녀가 그에게 보낸 편지 이천여 통이 들어 있었다. 날짜에 따라 색색 리본으로 묶어 구분해 놓은 편지는 단 한 통도 뜯어보지 않은 상태였다.

5

몇 년 동안 우리는 다른 이야기를 할 수 없었다. 당시까지 반복되는 일상사에 파묻혀 지내던 우리의 삶이 갑자기 하나의 공동 관심사 주변을 맴돌기 시작했다. 어느 날 새벽의 수탉 소리에 우리는 불현듯 그 터무니없는 사건을 가능하게 했던 수많은 연쇄적 우연을 정리해 보고 싶다는 생각이 들었다. 우리가 그렇게 하기로 한 것은 여러 가지 미스터리를 풀려는 열망 때문이 아니라 우리 가운데 그 누구도 숙명이 그에게 지정했던 위치와 임무가 무엇인지 정확하게 알지 못한 채로는 계속해서 살아갈 수가 없었기 때문이었다.

많은 사람이 그것을 알지 못했다. 유명한 외과 의사가 된 끄리스또 베도야는 당시 부모님이 자기에게 산띠아고 나사르를 죽이려 한다는 사실을 알려 주려고 새벽까지 기다리던 집으로 가서 쉬지 않고, 주교가 도착할 때까지 할아버지 집으로 가서 두 시간을 기다리겠다는 충동에 휩쓸려 버린 이유가 무엇이었는지 결코 이해할 수 없었다. 하지만 살인 사건을 막는 데 무언가를 할 수 있었지만 정작 그렇게 하지 않았던 대다수의 사람들은 명예에 관한 사안은 그 드라마의 주인공들에게만 주어지는 신성한 전유물이라는 핑계를 대며 자위해 버렸다. "명예는 사랑이란다." 어머니는 내게 늘 이렇게 말했다. 실제로 피가 묻지 않은 두 자루의 칼에서 피가 흐르는 환상을 본 것이 이 드라마에서 맡은 배역의 전부였던 오르뗀시아 바우떼는 그 환상을 도저히 떨쳐 버릴 수가 없어서 속죄를 해야 한다는 강박 관념에 사로잡혔다가 어느 날인가는 더 이상 견딜 수가 없어 발가벗은 채 거리로 뛰쳐나와 버렸다. 산띠아고 나사르의 약혼자였던 플로라 미겔은 홧김에 국경 순찰대의 어느 중위와 함께 도망쳐 버렸고, 그는 그녀에게 바차다의 고무 농장 노동자들을 상대로 몸을 팔게 했다. 삼대에 걸쳐 마을 주민의 출산을 도운 산파 아우라 비예로스는 그 소식을 듣고 방광 경련증에 걸리는 바람에 죽는 날까지 카테터를 이용해 소변을 보아야 했다. 끌로띨데 아르멘따의 남편인 사람 좋은 돈 로헬리오 델 라 플로르는 여든여섯 살이 되도록 놀랄 만한 노익장을 과시했는데, 그날 새벽 마지막으로 잠자리에서 일어나 산띠아고 나사르가 잠긴 자기 집 현관문 앞에서 난도질을 당하는 광경을 보고는 결국 충격을 이겨내지 못했다. 쁠라시다 리네로는 마지막 순간에 그 문을 걸어 잠갔지만, 세월이 흐르면서 죄책감에서 벗어났다. "디비나 플로르가 내 아들이 집 안으로 들어온 걸 틀림없이 보았다고 해서 문을 잠갔는데, 사실은 그렇지 않았어." 그녀가 내게 말했다. 하지만 그녀는 꿈에 나무가 나오는 길몽과 새가 나오는 흉몽을 혼동한 일에 대해서는 결코 스스로를 용서할 수가 없었기 때문에 당시 유행하던 후추 씨를 씹는 악습에 빠져들고 말았다.

살인이 벌어진 지 12일이 지난 뒤, 수사 보고서를 담당하는 수사 판사가 고통으로 얼룩진 이 마을에 나타났다. 그는 시청의 지저분한 목조 사무실에서 더위로 인해 피어오르던 아지랑이를 등지고 앉아 사탕수수 럼주를 섞은 커피를 마시는 사이, 이 드라마에서 자신이 맡은 역할이 중요하다는 걸 과시하고 싶은 나머지 부르지도 않았는데 증언을 하겠다고 우르르 몰려드는 군중을 통제할 증원 부대를 파견해 달라고 요청해야 했다. 대학을 갓 졸업해 아직도 법과 대학의 검은 모직 제복을 입고 법학사 문장이 새겨진 금반지를 낀 수사 판사의 잘난 체하는 태도에는 막

아기를 가진 행복한 아버지의 들뜬 분위기가 넘쳐흘렀다. 하지만 그의 이름이 무엇인지는 결코 알아낼 수 없었다. 그의 성격에 관해 우리가 아는 것이라고는 죄다 그가 작성한 수사 보고서에서 얻은 것으로, 나는 사건이 일어난 지 20년이 지난 뒤 여러 사람의 도움을 받아 리오아차 법원에서 그 수사 보고서를 찾아낼 수 있었다. 그 어떤 서류도 제대로 분류되지 않았는데, 프랜시스 드레이크 경이 이틀 동안 본부로 썼다는 낡은 식민지풍 건물 바닥에는 100년 이상 묵은 소송 서류가 잔뜩 쌓여 있었다. 밀물 때면 1층까지 바닷물이 들어오는 바람에 제본이 풀린 서류 뭉치들이 황량한 사무실에 둥둥 떠다녔다. 그 잊힌 기록이 들었던 물구덩이 속에서 발목까지 물에 잠겨 가며 수차례 뒤진 끝에 원래 500쪽 이상이었을 수사 보고서 가운데 약 322쪽을 순전히 우연으로 5년 만에 찾아낼 수 있었다.

담당 수사 판사의 이름은 어디에도 기록되지 않았지만, 문학열에 불타던 인물이었다는 게 분명했다. 그가 스페인 고전 작품들과 라틴 고전 작품 몇을 읽었으며, 당시 치안 판사들 사이에서 유행하던 니체를 꽤 잘 알았다는 점은 의심할 여지가 없었다. 서류 가장자리에 적어 놓은 메모들은 단지 잉크 빛깔 때문이 아니라 피로 쓴 것처럼 보였다. 그는 제비뽑기를 하여 자신에게 배정된 그 수수께끼 같은 사건 때문에 적잖게 당황한 나머지 직무가 요구하는 엄격성과는 상반되는 시적(詩的) 오락에 자주 빠져들었다. 무엇보다도 그는 문학에서도 허용되지 않던 수많은 우연이 인간의 삶에 작용하여 그처럼 확실하게 예고된 죽음이 아무런 방해도 받지 않은 채 저질러졌다는 사실은 결코 합당하지 않다고 생각했다.

그런데도 그가 지나칠 만큼 부지런하게 수사를 하고 결론에 도달했을 때 가장 놀란 사실은 산띠아고 나사르가 실제로 그런 모욕적인 행위를 했을 거라는 증거를, 가장 비현실적으로 보이는 것조차도, 전혀 발견할 수가 없었다는 것이었다. 앙헬라 비까리오를 부추겨 속임수를 쓰라고 했던 친구들은 그녀가 결혼하기 오래 전부터 비밀을 자기들과 공유했다고 오랫동안 계속해서 주장했지만, 그녀는 친구들에게 그 비밀스러운 사건을 유발한 당사자의 이름을 단 한 번도 말하지 않았다. 수사 보고서에 그 친구들은 이렇게 밝혀 놓았다. "앙헬라 비까리오는 우리에게 그 불가사의한 일을 얘기해 주었지만, 그 일의 주인공이 누구인지는 말하지 않았어요." 한편 앙헬라 비까리오는 요지부동이었다. 수사 판사가 그녀에게 죽은 산띠아고 나사르가 누구인지 아느냐고 에둘러 묻자 그녀는 태연하게 대답했다.

"나를 범한 사람이었어요."

그녀의 진술은 수사 보고서에 이렇게 씌어 있지만 어떻게, 어디서 벌어진 일인지는 전혀 구체적으로 밝히지 않았다. 단 사흘 만에 끝난 공판에서 마을 대표로 나온 증인은 산띠아고 나사르가 저질렀다고 하는 죄과에 대한 근거가 빈약하다고 주장했다. 산띠아고 나사르의 과오를 입증할 만한 증거가 부족하다는 사실 앞에서 수사 판사는 상당한 당혹감을 느꼈는데, 그가 때때로 환멸을 느껴 작업에 대한 그의 훌륭한 의지가 흔들리기도 했던 것 같다. 수사 보고서 416번에서 그는 약제사가 만든 붉은 잉크로 서류 가장자리에 직접 이런 메모 하나를 남겼다. "제게 편견 하나를 주소서. 그러면 제가 세상을 움직이리다." 그는 자신의 실망감을 에둘러 표현한 이 문장 밑에 똑같은 핏빛 잉크를 사용해 화살이 꽂힌 심장 그림을 장난스러운 필치로 그려 넣었다. 산띠아고 나사르의 절친한 친구들처럼, 수사 판사도 희생자가 최후 순간에 그렇게 스스럼없이 행동했다는 것은 산띠아고 나사르가 결백하다는 사실을 증명하는 확고한 증거라고 생각했다.

산띠아고 나사르는 자신이 죽던 날 아침, 자신의 탓으로 돌려지던 그 모욕의 대가가 어떤 것인지 아주 잘 알고 있었는데도, 설마 그런 일이 일어나리라고는 단 한순간도 의심해 보지 않았다. 그는 자신이 살던 세상의 위선적인 특성을 몸소 체험해 알았고, 단순한 성격의 쌍둥이 형제가 그런 모욕을 참지 못하리라는 점도 틀림없이 인식했다. 더욱이 그 누구도 바야르도 산 로만을 썩 잘 알지 못했지만, 산띠아고 나사르는 그가 세속적인 거드름을 피우는 이유가 남들만큼이나 타고난 편견에 지나치게 사로잡힌 인물이기 때문임을 알 만한 정도로 그를 속속들이 알기도 했다. 그렇기 때문에 산띠아고 나사르가 천하태평 스스로를 방치한 것은 자살 행위나 같았다. 더구나 마지막 순간에 비까리오 형제가 자기를 죽이기 위해 기다린다는 사실을 결국은 알게 되었으면서도, 수도 없이 언급되었다시피, 공포심을 드러낸 것이 아니라 오히려 영문을 모르겠다는 듯 순진하게 당황스럽다는 반응을 보였다.

내 개인적인 느낌은 그가 자신이 죽어야 하는 이유를 이해하지 못한 채 죽었다는 것이다. 그가 내 여동생 마르곳에게 우리 집에 와서 아침 식사를 하겠다는 약속을 한 뒤 끄리스또 베도야와 그는 팔짱을 끼고 부두 쪽으로 갔는데, 둘 다 사람들이 착각할 정도로 너무 태평스럽게 보였다. "두 사람이 어찌나 희희낙락 걸어가던지 나는 모든 게 다 정리되었다고 생각하고서 하느님께 감사를 드렸다니까." 메메 로아이사가 내게 말했다. 물론 모든 사람이 산띠아고 나사르를 좋아하지는 않았다. 발전소 주인인 뽈로

까리요는 당시 그가 차분하게 행동했던 것은 결백해서가
아니라 냉소적이기 때문이었다고 생각했다. "자기가 부잔
데 감히 자기에게 손을 대겠느냐 생각했겠지." 그가 내게
말했다. 그의 아내 파우스따 로뻬스도 한마디 거들었다.
"터키 사람들은 다들 그렇잖아." 쌍둥이 형제는 끌로띨데
아르멘따의 가게 앞을 지나가던 인달레시오 빠르도에게
주교가 그곳을 떠나자마자 산띠아고 나사르를 죽이겠다고
말했다. 다른 많은 사람처럼 그 역시 그들이 새벽잠을 깨
서 괜히 헛소리를 하는 것이라 생각했지만, 끌로띨데 아르
멘따는 그 말이 사실이라고 일깨워 주면서 그에게 산띠아
고 나사르를 찾아 이를 알리라고 부탁했다.

  "괜히 애쓸 거 없어요." 뻬드로 비까리오가 그에게 말
했다. "어떻든지 간에 그 친구는 이미 죽은 목숨이나 다름
없으니까요."

  너무나도 명백한 도전이었다. 쌍둥이 형제는 인달레시
오 빠르도와 산띠아고 나사르의 친분 관계를 잘 알았고,
그렇기 때문에 그들은 그가 바로 자신들의 체면도 지켜 주
면서 살인을 막을 수 있는 적임자라 생각했음에 틀림없다.
인달레시오 빠르도는 사람들 틈에서 끄리스또 베도야의
팔짱을 끼고 항구를 떠나던 산띠아고 나사르를 발견했으
나 그에게 사태의 심각성을 알려 줄 용기가 없었다. "겁이

나더군." 그가 내게 말했다. 그는 두 사람의 등을 한 차례씩 톡톡 두드려 주고는 그냥 보내 버렸다. 결혼 비용 계산에 골몰해 있던 두 사람은 그의 행동을 거의 알아차리지도 못했다.

사람들은 두 사람과 마찬가지로 광장 쪽으로 흩어졌다. 많은 사람이 상당히 빽빽하게 이동해 갔지만, 에스꼴라스띠까 시스네로스는 두 친구가 사람들 한가운데에 생긴 텅 빈 원 안에서 별 어려움 없이 걸어가는 것을 보았다고 생각했다. 이는 사람들이 산띠아고 나사르가 죽으리라는 것을 미리 알고 감히 그에게 가까이 다가가지 않았기 때문이었다. 끄리스또 베도야도 사람들이 자기 두 사람을 대하는 태도가 이상했다고 기억했다. "우리 얼굴에 뭐라도 묻은 것처럼 우리를 쳐다보더군." 신발 가게 문을 열다가 가게 앞을 지나가는 두 사람을 본 사라 노리에가는 산띠아고 나사르의 창백한 얼굴을 보고서 소스라치게 놀랐다. 하지만 그는 그녀를 안심시켜 주었다.

"지난밤 마신 술이 덜 깨서 이래요, 사라 아줌마." 그가 걸음을 멈추지 않은 채 그녀에게 말했다.

파자마 바람으로 자기 집 대문간에 앉아 있던 셀레스떼 단곤드는 주교를 맞이하기 위해 잘 차려입고 나온 사람들을 비웃으면서 산띠아고 나사르에게 커피나 한 잔 대접하

겠다고 했다. "생각할 시간을 좀 벌어 볼까 해서 그랬던
건데." 그가 내게 말했다. 하지만 산띠아고 나사르는 급히
옷을 갈아입고 내 여동생의 아침 식사 초대에 응해야 한다
고 대답했다. "어찌해야 좋을지 모르겠더라고." 셀레스떼
단곤드가 내게 말했다. "자기 일을 그토록 확실하게 처리
하는 사람이니 그들이 그를 죽일 수가 없겠다는 생각이 갑
자기 들더라니까." 야밀 샤이움만이 자신에게 부과된 일
을 수행했다. 소문을 듣자마자 산띠아고 나사르에게 주의
를 주기 위해 자신의 잡화점을 나와 가게 문 앞에서 그를
기다렸다. 그는 이브라임 나사르와 함께 그곳으로 이민 온
마지막 아랍 인 가운데 한 사람으로, 이브라임 나사르가
죽기 전까지 줄곧 그의 카드놀이 친구였고, 여전히 가족
의 조언자 역할을 했다. 산띠아고 나사르에게 야밀 샤이움
의 말은 그 누구의 말보다도 권위가 있었다. 하지만 만일
그 소문이 근거가 없는 것이라면 괜스레 산띠아고 나사르
를 놀라게 할 수도 있는 일이었다. 그래서 그는 상황을 더
잘 알 거라 판단되는 끄리스또 베도야와 우선 상의해 보기
로 하고 지나가던 끄리스또 베도야를 불렀다. 벌써 광장 모
퉁이에 이르렀던 끄리스또 베도야는 산띠아고 나사르의 등
을 한 번 툭 치고는 야밀 샤이움의 부름에 응했다.

　"토요일에 보자." 끄리스또 베도야가 말했다.

산띠아고 나사르가 아무 대답도 하지 않고, 대신 야밀 샤이움에게 아랍 어로 뭐라고 말하자 야밀 샤이움은 우스워 죽겠다는 듯 온몸을 비틀어 대며 역시 아랍 어로 대답했다. "우리가 늘 즐기던 말장난이었지." 야밀 샤이움이 내게 말했다. 산띠아고 나사르는 걸음을 멈추지도 않은 채 두 사람에게 손을 흔들어 작별 인사를 하며 광장 모퉁이를 돌아갔다. 두 사람이 마지막으로 본 그의 모습이었다.

끄리스또 베도야는 야밀 샤이움의 말을 듣기가 무섭게 가게를 뛰쳐나가 산띠아고 나사르를 뒤쫓아 갔다. 그가 모퉁이를 돌아가는 것을 보았지만 그는 광장에서 흩어지기 시작하던 사람들 틈으로 사라져 버렸다. 여러 사람에게 물어보았지만 같은 대답만 들을 수 있을 뿐이었다.

"방금 전까지 자네와 함께 있었잖아."

그가 그렇게 짧은 시간에 자기 집에 도착했을 리가 만무했지만, 혹시나 해서 그 집 식구들에게 물어보려고 빗장이 풀린 채 빠끔히 열린 문을 통해 집 안으로 들어가 보았다. 안으로 들어가면서도 바닥에 떨어진 쪽지는 미처 보지 못했고, 남의 집을 방문하기에는 너무 이른 시각이라 소리를 내지 않으려고 애를 쓰면서 어스름한 응접실을 지나갔으나, 집 뒤쪽에 있던 개들이 소란을 피우며 그를 맞으러 나왔다. 그는 집 주인에게 배운 대로 열쇠를 딸랑거려 개들을 진정하고 나서 개들을 딸린 채 부엌으로 향했다. 복도에서 물동이와 걸레를 들고 응접실 바닥을 닦으러 가던 디비나 플로르와 마주쳤다. 그녀는 산띠아고 나사르가 아직 돌아오지 않았다고 확실하게 말했다. 그가 부엌에 들어섰을 때 빅또리아 구스만이 화덕에 막 토끼 스튜를 올려놓았다. 그녀는 즉각적으로 상황을 이해했다. "끄리스또 베도야 그 친구 제정신이 아니더군요." 그녀가 내게 말했다. 끄리스또 베도야는 그녀에게 산띠아고 나사르가 집에 있느냐고 물었고, 그녀는 영문을 모르겠다는 순진한 표정으로 그가 아직 자러 오지 않았다고 대답했다.

"이건 아주 중요한 얘기예요." 끄리스또 베도야가 그녀에게 말했다. "그들이 산띠아고 나사르를 죽이려고 찾고 있단 말이에요."

그 말을 듣는 순간 빅또리아 구스만은 자신이 방금 전에 아무것도 모른다는 듯 순진한 태도를 취했다는 사실을 망각하고 말았다.

"그 불쌍한 청년들이 사람을 죽일 리가 없어요."

"그 친구들 토요일부터 지금까지 술을 마시고 있단 말이에요."

"바로 그거예요. 제 아무리 취한다 해도 자기 똥을 먹을 만큼 무분별한 주정꾼은 없는 법이잖아요."

끄리스또 베도야가 다시 응접실로 갔을 때 디비나 플로르가 막 창문을 열고 있었다. "물론 비가 내리지는 않았어." 끄리스또 베도야가 내게 말했다. "막 7시가 되려는 순간이었고, 황금빛 태양이 벌써 창으로 비쳐들었지." 그는 디비나 플로르에게 산띠아고 나사르가 응접실 문으로 들어오는 것을 보지 못한 게 확실한지 재차 물었다. 그녀의 대답은 첫 번째 대답만큼 확신에 차지 않았다. 이번에는 쁠라시다 리네로에 관해 묻자, 방금 전 그녀의 침대 사이드 테이블에 커피를 갖다 놓았으나, 그녀를 깨우지는 않았다고 대답했다. 쁠라시다 리네로는 항상 아침 7시에 잠에서 깨어나 커피를 마시고, 점심 식사 지시를 하러 아래층으로 내려왔다. 끄리스또 베도야는 시계를 보았다. 오전 6시 56분이었다. 산띠아고 나사르가 들어오지 않았다는 것을 확인하려고 2층으로 올라갔다.

산띠아고 나사르가 어머니의 침실을 통해 밖으로 나갔기 때문에 그의 침실은 안에서 잠겨 있었다. 끄리스또 베도야는 그 집 구조를 자기 집처럼 속속들이 알았을 뿐만 아니라, 그 집 가족과도 한집 식구처럼 친하게 지내는 사이였으므로 서로 연결되어 있는 산띠아고 나사르의 침실로 들어가기 위해 쁠라시다 리네로의 침실 문을 열고 들어갔다. 먼지를 머금은 한 줄기 햇빛이 천장 채광창을 통해 들어왔고, 해먹에는 옆으로 비스듬히 누운 아름다운 여인이 새신부처럼 손을 살포시 볼에 댄 채 천사 같은 모습으로 잠들어 있었다. "유령 같았어." 끄리스또 베도야가 내게 말했다. 그는 그녀의 아름다움에 취해 잠시 그녀를 바라본 뒤 조용히 침실을 가로지르고 욕실 앞을 지나 산띠아고 나사르의 침실로 갔다. 침대는 잠을 자지 않은 듯 잘 정돈되어 있었고, 안락의자에는 잘 다림질한 승마복과 그 위에는 기수용 모자가, 마룻바닥에는 승마화와 박차가 나란히 놓여 있었다. 침대 사이드 테이블에 놓인 산띠아고 나사르의 손목시계가 오전 6시 58분을 가리켰다. "그가 돌아와 총을 가지고 나갔으리라는 생각이 문득 들더군." 끄리스또 베도야가 내게 말했다. 하지만 자세히 살펴보니 산띠아고 나사르의 매그넘은 사이드 테이블 서랍에 들어 있었다. "당시 난 단 한 번도 총을 쏘아 본 적이 없었네. 하지만 권총을 산띠아고 나사르에게 가져다주어야 할 것 같아 집어 들었지." 권총을 셔츠 속 허리춤에 찼는데, 살인이 벌어진 뒤에야 비로소 장전되지 않은 권총이었다는 사실을 깨달을 수 있었다. 그가 서랍을 닫는 순간 쁠라시다리네로가 커피 잔을 들고 문에 나타났다.

"에구머니!" 그녀가 소스라치게 놀라며 소리를 질렀다. "깜짝 놀랐잖아!"

끄리스또 베도야도 깜짝 놀라고 말았다. 금빛 종달새 무늬가 새겨진 잠옷 차림에 머리를 풀어 늘어뜨린 채 환한 햇빛 속에 서 있는 그녀에게서 방금 전의 매력적인 면모는 사라지고 없었다. 그는 산띠아고 나사르를 찾으러 들어왔다고 얼떨결에 더듬더듬 설명했다.

"주교님을 영접하러 나갔는데."

"주교님은 그냥 지나가 버리셨는데요."

"내 그럴 줄 알았어. 호래자식 같은 사람이잖아."

그 순간 끄리스또 베도야가 몸 둘 바를 모르고 있다는 것을 본 그녀가 말을 그쳤다. "내 이런 말을 해도 하느님께서 용서해 주시기를 바라지만, 끄리스또 베도야가 어찌나 당황스러워 하던지 불현듯 뭘 훔치러 들어왔나 하는 생각까지 들더군." 쁠라시다 리네로가 내게 말했다. 그녀는 그에게 무슨 일이 있느냐고 물었다. 끄리스또 베도야는 자신이 의심을 받는 상황이라는 것을 깨달았지만, 진실대로 말할 용기가 없었다.

"사실 전 단 한숨도 자지 못했거든요." 그가 그녀에게 둘러댔다.

그는 더 이상 설명하지 않고 자리를 떠 버렸다. "어찌되었든, 산띠아고 나사르의 어머니는 뭔가 도둑맞는다는 상상을 늘 하고 계셨으니까." 그가 내게 말했다. 그는 허사가 된 미사용 장식품들을 들고 성당으로 돌아가던 아마도르 신부를 광장에서 만났지만, 신부는 자신이 인간의 영혼을 구제해 주는 것외에 산띠아고 나사르를 위해 특별히 해 줄 일은 없다고 생각하는 것 같았다. 그가 다시 항구쪽으로 가려고 했을 때 끌로띨데 아르멘따의 가게에서 누군가 부르는 듯한 느낌을 받았다. 가게 문간에는 창백하고 수척해 보이는 뻬드로 비까리오가 셔츠를 풀어헤치고 소매를 팔꿈치까지 걸어올린 채, 목재 세공용 톱날을 재활용해 직접 만든 거친 칼을 쥐고 서 있었다. 그의 태도가 평소와는 달리 너무나도 특이했지만, 자신이 살인을 저지르려는 것을 마지막 순간에 사람들이 막아 주도록 그런 특이한 행동을 한 것은 그때뿐만도 아니었고, 또 아주 두드러지게 행동한 것도 아니었다.

"끄리스또발, 우리가 산띠아고 나사르 그 친구를 죽이려고 여기서 기다린다고 그 친구에게 전해라."

끄리스또 베도야는 그의 행위를 막아 줄 호의를 베풀 수도 있었다. "내가 권총을 쏠 줄만 알았어도 산띠아고 나사르는 지금 살아 있을 거야." 그가 내게 말했다. 하지만 장갑탄 한 발이 지닌 무시무시한 위력에 관해 들은 적이 있던 그에게 단 한 가지 생각만 떠올랐다.

"너한테 경고하겠는데 말이야. 그 친군 기관차 벽체도

뚫고 나가는 매그넘 한 정을 가지고 있다니까."

삐드로 비까리오는 그 말이 사실이 아니라는 것을 알았다. "그 친구는 말이야. 승마복을 입을 때가 아니면 총을 안 차고 다녀." 그가 내게 말했다. 하지만 어찌 되었든, 자신이 여동생의 명예를 깨끗하게 회복해 주겠다고 결심한 순간부터 산띠아고 나사르가 총을 가지고 다닐 수도 있으리라는 생각이 들었다.

"죽은 사람은 총을 쏘지도 못하는 법이야." 그가 소리쳤다.

그때 빠블로 비까리오가 문간에 나타났다. 동생처럼 얼굴이 창백한 그는 결혼식 때 입은 정장 재킷 차림으로 신문지에 싼 칼을 들고 있었다. "그런 행색이 아니었더라면 나는 둘 중에 누가 형이고 누가 동생인지 결코 구분하지 못했을 거야." 끄리스또 베도야가 내게 말했다. 빠블로 비까리오 뒤에 모습을 나타낸 끌로띨데 아르멘따는 숫기 없는 사내들만 사는 이 마을에서는 끄리스또 베도야 같은 진짜 남자만이 비극을 막을 수 있다고 생각하고서 끄리스또 베도야에게 빨리 해치우라고 소리쳤다.

그 이후 일어난 모든 일은 사람들이 공공연하게 지켜보는 가운데 벌어졌다. 항구에서 돌아오던 사람들은 그들이 떠들어 대는 소리를 듣고서 살인을 구경하려고 각자 광장

에 자리를 잡았다. 끄리스또 베도야가 아는 사람 몇에게
산띠아고 나사르를 보았냐고 물었지만 그를 본 사람은 아
무도 없었다. 그는 사교 클럽 문 앞에서 라사로 아뽄떼 대
령을 만나 방금 전 끌로띨데 아르멘따의 가게 앞에서 있었
던 일을 얘기해 주었다.

"내가 잠이나 자라며 돌려보냈기 때문에 그럴 리가 없
네."

"그 친구들이 돼지 잡는 칼을 들고 있는 것을 방금 전에
보았다니까요."

"내가 그 친구들을 돌려보내기 전에 칼을 빼앗았기 때
문에 그럴 리가 없다니까. 내가 그렇게 조치하기 전에 자
네가 그들을 본 게 틀림없어."

"2분 전에 두 사람을 보았는데, 각자 돼지 잡는 칼을 한
자루씩 들고 있었다니까요."

"제기랄. 그렇다면 그 친구들이 다른 칼을 들고 온 게
틀림없군."

그는 당장 조치를 취하겠다고 약속했으나, 그날 밤 하
기로 했던 도미노 게임 약속을 확인하기 위해 사교 클럽으
로 들어갔고 그가 클럽에서 나왔을 때는 이미 살인이 저
질러진 뒤였다. 당시 끄리스또 베도야는 치명적인 실수 하
나를 범하고 말았다. 산띠아고 나사르가 마지막 순간에 옷

을 갈아입지 않고 우리 집에서 아침 식사를 하기로 작정했을 거라 생각하고서 그를 찾으러 우리 집으로 가 버렸던 것이다. 그는 서둘러 강둑을 따라가면서 만나는 사람마다 그가 지나가는 것을 보았냐고 물었으나, 그렇다고 대답해 준 사람은 아무도 없었다. 우리 집으로 가는 길이 여럿이었기 때문에 그는 그리 놀라지 않았다. 고원 지대 출신인 쁘로스뻬라 아랑고가 스쳐 지나가 버린 주교의 축복도 닿지 않은 그의 집 현관 입구 계단에서 죽어 가던 자기 아버지를 좀 봐 달라고 끄리스또 베도야에게 애걸했다. "그 집 앞을 지나가면서 보니 이미 죽은 사람 얼굴이었어." 여동생 마르곳이 내게 말했다. 끄리스또 베도야는 병자의 상태를 확인하느라 4분을 지체하고 난 뒤 나중에 다시 응급 처치를 해 주러 오겠다고 약속했지만, 쁘로스뻬라 아랑고가 자기 아버지를 침실로 옮기는 것을 돕느라 3분을 더 빼앗기고 말았다. 그가 그 집을 나왔을 때 멀리서 들리는 고함 소리를 느꼈는데, 그 소리가 마치 광장 쪽에서 폭죽이 터지는 소리 같았다. 그는 뛰어가려고 했지만 허리에 서툴게 찬 권총이 거치적거렸다. 마지막 모퉁이를 도는데 뒤쪽에서 내 어머니가 막내아들을 질질 끌다시피 데려가는 게 눈에 띄었다.

"루이사 산띠아가 아주머니. 아주머니 대자는 지금 어

디 있어요?"

내 어머니는 거의 고개도 돌리지 않은 채 눈물로 범벅이 된 얼굴로 대답했다.

"오, 얘야. 걔를 죽였다고들 하더구나."

그랬다. 끄리스또 베도야가 산띠아고 나사르를 찾는 동안 산띠아고 나사르는 끄리스또 베도야와 마지막으로 헤어졌던 길모퉁이를 돌자마자 나타나는 약혼자 플로라 미겔의 집에 들렀다. "그 집 식구들은 정오가 되기 전에는 절대 잠자리에서 일어나지 않았기 때문에 그가 그곳에 있으리라고는 생각지도 못했어." 끄리스또 베도야가 내게 말했다. 아랍 인 공동체 현자인 나히르 미겔의 명령에 따라 플로라 미겔의 온 가족이 낮 12시까지 잠을 잔다는 사실은 당시 공공연하게 알려져 있었다. "그렇기 때문에 플로라 미겔이 어리다고만 할 수 없는 그 나이에도 장미처럼 고결하게 몸을 지킬 수 있었던 거예요." 요즘도 내 아내 메르세데스는 이렇게 회고한다. 사실을 말하자면, 그들이 다른 많은 집처럼 아주 늦은 시각까지 문을 닫아걸고 있긴 했지만, 늘 일찍 일어나고, 또 부지런한 사람들이었다. 산띠아고 나사르와 플로라 미겔의 부모는 그들의 결혼을 약조해 놓았다. 산띠아고 나사르는 한창 사춘기 때 약혼을 받아들여 그대로 이행할 생각이었는데, 이는 그가 아버지

142

처럼 결혼을 실용주의적인 관념에서 생각했기 때문이었을 것이다. 플로라 미겔은 나름대로 꽃다운 청춘이었으나 재치와 판단력이 부족한 탓에 자기 또래 아가씨들의 결혼식 들러리만 서 주던 처지였기 때문에 그녀에게 이 약속은 천재일우의 해결책이었다. 그들은 서로의 집을 의례적으로 방문하는 일도 없이, 마음 졸이는 불안감이나 걱정거리도 없이 평온한 약혼기를 보내고 있었다. 몇 차례 연기된 결혼식은 결국 다음 크리스마스 때 하기로 결정돼 있었다.

그 월요일 주교가 타고 온 배의 첫 고동 소리에 잠에서 깨어난 플로라 미겔은 조금 있다가 비까리오 형제가 산띠아고 나사르를 죽이기 위해 기다린다는 사실을 알게 되었다. 그녀는 그 불행한 사건이 일어난 뒤에 유일하게 대화를 나눈 내 수녀 여동생에게 자신이 누구로부터 그 말을 들었는지 전혀 생각나지 않는다고 말했다. "난, 아침 6시엔 모든 사람이 그 사실을 알고 있었다는 것만 들었을 뿐이야." 하지만 플로라 미겔은 그들이 산띠아고 나사르를 죽이리라고는 생각하지 못했고, 오히려 그들이 여동생 앙헬라 비까리오의 명예를 되찾기 위해 그에게 그녀와 결혼하라고 강요할 거라고 생각했다. 그녀는 심한 굴욕감을 느꼈다. 마을 사람 절반이 주교를 기다리는 동안, 그녀는 자기 침실에서 분노를 못 이겨 울면서 산띠아고 나사르가 학교에서 자기에게 보낸 편지를 담아 놓은 상자를 정리했다. 산띠아고 나사르는 플로라 미겔의 집 앞을 지나갈 때면 집 안에 사람이 없을 때라도 유리창 가리개 철망을 열쇠로 북 긋고 갔다. 그 월요일에는 그녀가 편지 상자를 무릎에 올려놓은 채 그를 기다렸다. 산띠아고 나사르는 거리에서 그녀를 볼 수 없었지만, 그녀는 그가 철망을 열쇠로 긋기 전에 그가 다가오는 것을 지켜보았다.

"들어와요."

그 누구도, 환자를 보러 오는 의사라도 오전 6시 45분에 그 집에 들어온 적은 없었다. 산띠아고 나사르가 방금 전 야밀 샤이움의 가게 앞에서 끄리스또 베도야와 헤어졌고, 광장에서는 수많은 사람이 그의 거동을 지켜보고 있었는데도, 그가 약혼자의 집으로 들어가는 것을 본 사람이 아무도 없었다는 사실은 믿기 어려운 일이었다. 수사 판사는 그를 본 사람이 단 한 명이라도 있었는지 나만큼이나 끈질기게 찾아보았으나 결국 실패하고 말았다. 수사 보고서 382번 가장자리에 그는 붉은 잉크로 또 다른 문구를 적어 넣었다. "불행은 우리를 눈멀게 한다." 산띠아고 나사르가 그의 일거수일투족을 누구나 볼 수 있는 현관문을 통해 그 집으로 들어갔다는 것은 사실이다. 분노로 얼굴이 파랗게 질린 플로라 미겔이 특별한 날에만 꺼내 입고 방치해 두었기 때문에 상태가 썩 좋지 않은 주름 드레스를 입은 채 거실에서 그를 기다리다가 그의 손에 편지 상자를 들려 주었다.

"여기 있어요. 차라리 그 사람들이 당신을 죽여 버리면 좋겠어요!"

산띠아고 나사르가 너무 당황한 나머지 상자를 떨어뜨리자 그가 애정 없이 써 보낸 편지들이 바닥에 흩어졌다. 그는 자기 방으로 들어가 버린 플로라 미겔을 뒤쫓아가 보았으나 그녀는 문을 닫고 자물쇠를 채워 버렸다. 그가 몇 번이나 문을 두드려 대고 그 시각에는 어울리지 않는 아주 다급한 목소리로 그녀를 불렀기 때문에 식구들이 깜짝 놀라 모두 달려 나왔다. 혈연이나 결혼으로 맺어진 식구가 어른 아이 할 것 없이 열네 명이 넘었다. 붉은 수염을 기른 아버지 나히르 미겔이 조국에서 가져와 집에서 늘 입던 베두인의 긴소매 옷차림으로 방에서 나왔다. 나는 그를 여러 번에 걸쳐 볼 수 있었는데, 키가 무척 크고 깡마른 사람이었지만, 가장 인상적인 것은 그의 위풍당당한 모습이었다.

"플로라." 그가 모국어로 명령했다. "문 열거라."

그는 딸 방으로 들어갔고, 그 사이 다른 식구들은 산띠아고 나사르를 뚫어지게 쳐다보았다. 그는 거실 바닥에 무릎을 꿇은 채 쏟아졌던 편지를 상자에 주워 담았다. "그가 속죄 행위를 하고 있는 것처럼 보였어." 그들이 내게 말했다. 몇 분이 지난 뒤 나히르 미겔이 딸 방에서 나와 손짓을 하자 온 가족이 자리를 비켰다.

그는 산띠아고 나사르에게 계속해서 아랍 어로 말했다. "내가 자기에게 하던 말이 무슨 뜻인지 그 친구가 도무지 이해하지 못한다는 사실을 처음부터 알았네." 그가 내게 말했다. 그래서 나히르 미겔은 비까리오 형제가 그를 죽이기 위해 기다린다는 걸 아느냐고 은밀하게 물었다. "그 친구의 얼굴이 파랗게 질리며 어찌할 바를 몰랐는데, 그 태도가 꾸며 대는 것이라고는 도저히 생각할 수가 없었네." 나히르 미겔이 내게 말했다. 산띠아고 나사르가 그런 태도를 취한 것은 공포 때문이라기보다는 당황했기 때문이라는 데 그는 동의했다.

"자네는 그 친구들의 말이 옳은 건지 틀린 건지 알 걸세. 하지만 어찌 되었든, 이제 자네에겐 두 길만 남았네. 이 집은 자네 집이나 마찬가지이니까 여기에 숨어 있든지, 아니면 내 라이플을 들고 나가게."

"무슨 말씀이신지 전혀 모르겠습니다."

그는 겨우 그 말밖에 할 수 없었는데, 이번에는 스페인 어로 했다. "그 친구는 물에 젖은 조그만 새처럼 보였네."

나히르 미겔이 내게 말했다. 산띠아고 나사르가 문을 열려고 하면서 상자를 어디에 두어야 할지 몰라 했으므로 나히르 미겔이 그의 손에서 상자를 받아 들어야 했다.

"2대 1이 될 걸세." 나히르 미겔이 그에게 경고했다.

산띠아고 나사르는 그 집을 나섰다. 광장에는 시가 행렬이 거행되는 날처럼 사람들이 늘어서 있었다. 모든 사람이 그가 광장으로 나오는 것을 보았고, 그들이 자신을 죽이려 한다는 사실을 스스로 알았기 때문에 너무 혼란스러워 자기 집으로 가는 길을 찾지 못한다고 이해했다. 사람들의 말에 따르면, 그때 누군가 발코니에서 소리쳤다고 한다. "이 터키 친구야, 그쪽이 아니라 옛 항구 쪽으로 가란 말이야." 산띠아고 나사르는 목소리의 주인공이 누구인지 찾았다. 야밀 샤이움은 그더러 자기 가게로 피신하라고 소리치고 나서 사냥총을 가지러 안으로 들어갔지만 탄약 상자를 어디에 두었는지 기억나지 않았다. 사방에서 사람들이 그에게 소리를 지르기 시작했고, 산띠아고 나사르는 한꺼번에 쏟아지는 그 무수한 목소리에 당황스러운 듯 몸을 여러 차례 앞뒤로 돌렸다. 그가 부엌문을 통해 집 안으로 들어가려 했지만 불현듯 현관문이 열려 있다는 사실을 깨달은 게 분명했다.

"저기 오네." 뻬드로 비까리오가 말했다.

두 사람이 동시에 그를 보았다. 빠블로 비까리오는 웃옷을 벗어 걸상에 걸쳐 놓고 칼을 싼 신문지를 풀어 언월도처럼 생긴 칼을 집어 들었다. 그들은 가게를 나서기 전, 미리 약속한 것도 아닌데 각각 성호를 그었다. 그때 끌로띨데 아르멘따가 뻬드로 비까리오의 셔츠를 움켜쥔 채 그들이 죽이려 하니 어서 도망치라고 산띠아고 나사르에게 소리를 질렀다. 다른 사람들이 질러 대는 소리를 잠재워 버릴 정도로 다급한 소리였다. "누가 어디서 소리치는지 몰랐기 때문인지 그가 처음에는 깜짝 놀라더군." 끌로띨데 아르멘따가 내게 말했다. 하지만 산띠아고 나사르가 그녀를 쳐다보았을 때는 뻬드로 비까리오가 그녀를 땅바닥에 밀쳐 버리고 형을 따라 뛰어오는 것도 볼 수 있었다. 집에서 50미터도 채 되지 않는 거리에 있던 산띠아고 나사르는 자기 집 현관문을 향해 달려갔다.

5분 전 부엌에서 빅또리아 구스만은 세상 사람 모두가 이미 다 아는 이야기를 쁠라시다 리네로에게 전해 주었다. 침착한 쁠라시다 리네로는 놀라는 기색을 전혀 드러내지 않았다. 그녀가 빅또리아 구스만더러 아들에게 무슨 말을 했느냐고 묻자 빅또리아 구스만은 그가 커피를 마시러 내려왔을 때까지는 자신도 아무것도 몰랐노라고 털어놓고 거짓말을 해 버렸다. 응접실에서 여전히 마루를 닦던 디비나 플로르는 같은 시각에 산띠아고 나사르가 광장 쪽 문으로 들어와서는 2층 침실로 이어지는 계단을 통해 올라가는 것을 보았다. "아주 선명하게 보았어요." 디비나 플로르가 내게 말했다. "그는 흰색 옷을 입고 손에는 확실히 구분할 수 없는 뭔가를 들고 있었는데, 장미 다발 같은 거라는 생각이 들더군요." 그래서 뿔라시다 리네로가 디비나 플로르에게 아들에 관해 물었을 때, 디비나 플로르는 그녀를 안심시켜 주었다.

"몇 분 전에 자기 방으로 올라갔는데요."

그때 뿔라시다 리네로는 땅바닥에 떨어진 쪽지를 보았으나 차마 주워 볼 생각은 못 했고, 나중에 비극이 발생했을 때 누군가 그녀에게 쪽지를 가져다 보여 주자 비로소 그 내용이 무엇인지 알게 되었다. 그녀는 비까리오 형제가 칼을 치켜든 채 자기 집 쪽으로 뛰어오고 있는 모습을 열린 문을 통해 보았다. 자신이 서 있던 위치에서 그들을 볼 수는 있었지만, 다른 각도에서 문 쪽으로 뛰어오고 있던 아들의 모습은 볼 수 없었던 것이다. "나는 그들이 내 아들을 죽이기 위해 집 안으로 들어오려는 줄만 알았지." 그녀가 내게 말했다. 그래서 그녀는 문으로 달려가 단번에 문을 닫아 버렸다. 그녀가 문에 빗장을 걸고 있을 때 산띠아고 나사르가 외치는 소리를 들었고, 곧이어 누군가 겁에 질려 문을 두드려 대는 소리를 들었으나, 2층에 있던 그가 자기 방 난간에서 비까리오 형제를 조롱하는 소리일 거라 믿어 버렸다. 그녀가 그를 도우러 위층으로 올라갔다.

문이 몇 초만 늦게 잠겼어도 산띠아고 나사르는 안으로 들어올 수 있었다. 그는 주먹으로 몇 번 문을 두드리다가 곧 몸을 돌려 맨손으로 적들과 마주섰다. "그 친구가 보통 때보다 두 배는 더 커 보였기 때문에 그 친구와 맞닥뜨렸을 때 무섭다는 생각이 들더군." 빠블로 비까리오가 내게 말했다. 산띠아고 나사르는 뻬드로 비까리오의 최초 공격을 막기 위해 손을 치켜들었다. 뻬드로 비까리오는 칼을 수평으로 들어 그의 오른쪽 옆구리를 가격했다.

"개새끼들!" 산띠아고 나사르가 소리쳤다.

칼은 그의 오른 손바닥을 꿰뚫고 나서 옆구리에 칼자루가 닿을 정도로 깊숙이 박혀 버렸다. 모든 사람이 그의 고통스러운 비명 소리를 들었다.

"오, 어머니!"

뻬드로 비까리오는 도살업자 특유의 억센 팔 힘으로 칼을 뽑아 거의 같은 자리를 다시 한 번 더 찔렀다. "특이한 건 말이에요, 칼을 뽑았을 때 칼이 깨끗했다는 거예요." 뻬드로 비까리오가 수사 판사에게 진술했다. "적어도 세 번을 찔렀는데, 피는 단 한 방울도 나오지 않았으니까요."

산띠아고 나사르는 세 번째 칼을 맞고 나서 배를 양팔로 감싸면서 몸을 뒤틀었고, 송아지처럼 외마디 신음 소리를 뱉어 내면서 등을 돌리려 했다. 그때 반달처럼 흰 칼을 든 채 그 왼쪽에 서 있던 빠블로 비까리오가 그의 등을 단 한 차례 찌르자 한 줄기 피가 힘차게 솟구쳐 나오면서 빠블로 비까리오의 셔츠를 적셨다. "그 친구의 냄새가 나더군." 그가 내게 말했다. 세 번의 치명적인 자상을 입은 산띠아고 나사르는 다시 앞으로 돌아서더니 그들이 자신을 온전하게 죽이도록 도와주려는 것처럼 조금도 저항하지 않은 채 어머니의 집 문에 등을 기댔다. "다시는 비명을 지르지 않더군요." 뻬드로 비까리오가 수사 판사에게 말했다. "오히려 웃는 것 같았어요." 그때 공포감과는 다른 묘한 편안함에 정신없이 취했던 그들은 문에 기대선 그에게 손쉽게 번갈아 가며 계속해서 칼을 찔러 댔다. 그들은 자신들이 저지르는 범죄 행위 때문에 온 마을 사람이 공포에 사로잡혀 질러 대는 비명 소리도 듣지 못했다. "말을 타고 질주하는 듯한 기분이었어요." 빠블로 비까리오가 진술했다. 하지만 두 사람이 지쳐 나자빠질 상태가 되었는데도 산띠아고 나사르가 쓰러질 기미를 전혀 보이지 않자 두 사람은 불현듯 제정신이 들었다. "이보게 친구, 젠장, 사람을 죽이는 게 얼마나 힘든지 자넨 모를 거야!" 빠블로 비까리오가 내게 말했다. 뻬드로 비까리오는 단번에 끝장을 내기 위해 그의 심장을 찾았지만, 돼지의 심장이 있는 겨드랑이 부근에서 찾고 있었다. 실제로는 그들이 문에 기대 서 있던 그에게 칼질을 해 대서 그를 강제로 세워 놓은 꼴이었기 때문에 산띠아고 나사르는 쓰러지지 못했다. 빠블로 비까리오가 자포자기한 듯 그의 배를 수평으로 그어 버리자 그의 내장 전체가 폭발하듯 튀어나왔다. 뻬드로 비까리오도 똑같이 하려고 했으나 공포로 손목이 뒤틀리는 바람에 엉뚱하게도 허벅지에다 칼자국을 내고 말았다. 산띠아고 나사르는 잠시 문에 기대섰다가 햇빛 속에 드러난 자신의 깨끗하고 파르스름한 창자를 한 번 쓱 보더니 무릎을 꿇었다.

뿔라시다 리네로는 아들을 찾아 소리를 질러 대면서 집 안 침실들을 돌아다닌 끝에 자기 아들이 아닌 다른 사람들이 어디선가 질러 대는 비명 소리를 듣고 광장 쪽으로 난 창문 밖을 내다보았다가 비까리오 형제가 성당 쪽으로 달려가는 것을 보았다. 뿔라시다 리네로는 표범을 잡을 때 쓰는 총을 든 야밀 샤이움과 맨손인 아랍 인 몇이 형제를 바짝 뒤쫓아 가는 모습을 보고는 위험이 지나갔다고 생각했다. 그러고서 그녀는 침실 난간으로 나갔고, 산띠아고 나사르가 집 문 앞에서 얼굴을 먼지에 파묻은 채 자신의 피가 흥건하게 고인 자리에서 몸을 일으켜 세우려고 애쓰는 모습을 보았다. 그는 옆으로 기우뚱거리며 일어난 뒤 배 밖으로 튀어나온 창자를 두 손으로 받쳐 든 채 환각에 빠진 사람처럼 걷기 시작했다.

산띠아고 나사르는 집을 온전히 돌아 뒤쪽 부엌문으로 들어갈 생각으로 100미터 이상을 걸었다. 그는 집으로 가는 가장 먼 경로로 빙 돌아가지 말아야겠다고 생각할 정도로 정신이 총총했으므로, 자기 집과 붙은 이웃집을 통해 질러가기로 작정하고 그 집으로 들어갔다. 집 주인 뿐초 라나오와 그의 아내, 다섯 아이는 자기 집 문에서 불과 스무 걸음 정도 떨어진 곳에서 방금 전 무슨 일이 일어났는지조차 몰랐다. "우린 비명 소리를 들었어. 하지만 주교님을 맞이하는 행사 때문에 그런 줄 알았지." 그의 아내가 내게 말했다. 그들이 아침 식사를 시작했을 때, 유혈이 낭자한 산띠아고 나사르가 창자 뭉치를 두 손으로 받쳐 든 채 집으로 들어왔다. "결코 잊을 수 없었던 건 지독한 똥 냄새였어." 뿐초 라나오가 내게 말했다. 하지만 맏딸인 아르헤니다 라나오는 산띠아고 나사르가 평소와 다름없는 태도를 유지한 채 또박또박 걸어 들어왔으며, 그의 사라센 혈통의 얼굴은 활력 있는 곱슬머리와 어울려 그 어느 때보다 멋져 보였다고 말했다. 그는 식탁 곁을 지나면서 그들에게 미소를 지어 보이고는 침실들을 거쳐 집 뒷문으로 나갔다. "어찌나 무섭던지 우린 모두 얼어붙은 듯 가만히 있었어요." 아르헤니다 라나오가 내게 말했다. 내 이모할머니 웨네프리다 마르케스는 강 건너편에 있는 집 마당에서 청어 한 마리를 놓고 비늘을 벗겨 내다가 산띠아고 나사르가 자기 집을 향해 옛 부두의 계단을 확고한 걸음걸이로 내려가는 것을 보았다.

"애, 산띠아고야! 무슨 일이 있었니?"

산띠아고 나사르는 그녀를 알아보았다.

"그들이 나를 죽여 버렸어요, 웨네 아주머니."

그는 마지막 계단에서 넘어졌지만 즉시 일어섰다. "자기 창자에 묻은 흙을 털어 내는 조심성까지 있더라." 웨네프리다 이모할머니가 내게 말했다. 그리고 그는 오전 6시부터 열려 있던 뒷문을 통해 집으로 들어가서 부엌 바닥에 엎어졌다.

예고 후 실행된 어느 죽음에 관한 연대기
실화인가, 허구인가

1951년 1월 22일, 콜롬비아 수끄레 시에서 장정 둘이 미남 의대생 까예따노 헨띨레를 칼로 찔러 죽인다. 범인은 여교사 마르가리따 치까 살라스의 오빠들이다. 결혼 첫날밤에 신부 마르가리따가 처녀가 아니라는 이유로 신랑 미겔 레이에스 빨렌시아에게 소박맞고 친정으로 쫓겨 온 것이 살인의 동기다.

실제 사건이 소설의 모티프

가르시아 마르케스가 자서전 『이야기하기 위해 살다』에서 밝힌 바에 따르면, 까예따노는 늘 춤 파티를 주최하고 자기 일을 사랑하던 친구다. 까예따노의 죽음에 관한 소식을 접한 가르시아 마르케스는 영원히 기억될 만한 사건이기 때문에 글로 옮겨야겠다며 증언들을 수집해 나간다. 하지만 그의 의도를 간파한 어머니는 이 사건을 글로 옮기지 말라고 간청한다. 까예따노의 어머니 도냐 훌리에따 치멘또가 살아 있는 동안만이라도 참아 달라는 것이었다. 하지만 좋은 글을 쓰는 데 희생자 어머니의 증언은 반드시 필요했다. 예를 들어 까예따노가 자기 집 대문 앞에서 죽게 된 이유는 까예따노가 여교사의 두 오빠에게 쫓겨 집으로 들어가기 바로 직전 아들이 침실에 있다고 생각한 도냐 훌리에따가 서둘러 대문을 잠가 버렸기 때문이라는 사실도 그녀의 증언에서 나온 것이다.

당시 가르시아 마르케스가 관심을 두었던 것은 범행 자체가 아니라 '집단적 책임'이라는 문학 테마였다. 하지만 그 어떤 주장도 어머니를 설득하지 못했고, 또 어머니의 허락 없이 글을 쓰는 것은 도리에 어긋난다는 생각도 들었다. 그런데도 그때부터 그 사건에 관해 쓰고 싶은 욕망에 시달리지 않은 날이 단 하루도 없었다. 하지만 여러 해가 지난 뒤, 어느 공항에서 탑승 대기를 하는 동안 그는 그 사건을 글로 옮기겠다는 생각을 버린다. 그런데 전통 복장을 입은 아랍 왕자 하나가 비행기의 일등석으로 들어온다. 왕자의 손에는 멋진 암컷 송골매 한 마리가 앉아 있다. 그 순간 아버지에게서 세련된 매사냥 기술을 배운 까예따노가 가르시아 마르케스의 뇌리에 떠오른다. 그는 까예따노의 죽음에 관한 이야기로 관계자들의 명예가 훼손되지 않을까 저어되기도 했지만, 쓰지 않는다면 마음 편히 살아갈 수 없을 것 같다고 생각한다. 하지만 자식이 그 불행한 사건에 관해 글을 쓰지 못하게 막겠다는 어머니의 결심은 확고했다.

살인 사건이 일어난 지 30여 년이 지난 어느 날, 어머니가 바르셀로나에 살고 있던 가르시아 마르케스에게 전화를 건다. 그리고 까예따노의 어머니가 자식을 앞서 보내면서 생긴 마음의 병을 다스리지 못해 사망했다는 비보를 전한다. 특유의 도덕관념으로 무장하고 있던 어머니는 다음과 같이 말하면서 사건의 기록을 은연중 허용한다.

"내가 어미로서 단 한 가지만 부탁하마. 까예따노를 내 아들처럼 다뤄 주기 바란다."

그리고 2년 뒤 이 이야기는 가르시아 마르케스 자신이 1인칭 화자로 참여해 『예고된 죽음의 연대기』라는 제목으로 출간된다.

명예를 회복하기 위한 살인

가르시아 마르케스는 이 사건을 신문 기사와 소설의 중간 영역에 둔다. 사건의 핵심 내용과 주요 인물들, 무대,

주변 상황 등을 현실에서 채택해 소설적인 변형을 가했지만, 각종 정보와 세세한 사항은 신문 기사처럼 아주 엄밀하게 다룬 것이다. 소설의 줄거리를 간단하게 살펴보자.

카리브 해 근처 어느 작은 마을, 강을 통하지 않고서는 외부와 연결되지 않는 마을에 외지 청년 바야르도 산 로만이 찾아와 앙헬라 비까리오와 결혼한다. 결혼식을 마친 부부는 미리 마련해 둔 신혼집으로 가서 첫날밤을 보낸다. 합궁을 하면서 아내 앙헬라가 처녀가 아니라는 사실을 알게 된 바야르도는 아내를 친정으로 보내 버린다. 앙헬라는 자신이 그렇게 된 탓을 멋쟁이 부자 청년 산띠아고 나사르에게 돌린다. 아버지의 유산인 농장을 경영하기 위해 고등학교를 중퇴한 스물한 살짜리 청년 산띠아고 나사르는 쾌활하고, 온화하고, 거침없는 성격이다. 앙헬라와는 다른 세계에서 살고, 그녀와 함께 있는 모습이 사람들 눈에 띈 적이 단 한 번도 없었으며, 그녀에게 눈길 한 번 주지 않을 정도로 도도한 성격이다. 하지만 앙헬라의 쌍둥이 오빠 뻬드로와 빠블로는 가족의 명예를 지키겠다는 의무감에 사로잡혀 온 마을에 산띠아고 나사르를 죽일 것이라 예고한다. 특이하게도 당사자인 산띠아고 나사르는 쌍둥이 형제에게 죽임을 당하기 몇 분 전까지도 그 사실을 전혀 눈치 채지 못한다. 결국 산띠아고 나사르는 자기 집 대문 앞에서 마을 사람들이 지켜보고 있었지만 어떻게 제지할 수도 없는 상황에서 쌍둥이 형제의 칼을 맞고 죽는다. 형제는 산띠아고 나사르를 죽인 지 몇 분 만에 성당으로 가서 신부에게 살인 사실을 고백하면서 이런 논리를 펼친다. "저희는 양심에 따라 그를 죽였습니다. 우리는 죄가 없습니다." 그 후 바야르도와 앙헬라는 각각 마을을 떠나고, 23년이 지난 뒤 두 사람이 다시 만나면서 이야기는 종결된다.

소설은 산띠아고 나사르의 사망 27주기에 화자가 산띠아고 나사르의 어머니와 만나 아들의 죽음에 관한 이야기 전체를 하나하나 재구성하는 방식으로 전개된다. 화자는 사건 보고서, 각종 편지, 여러 사람의 증언, 결혼식 날 그 마을에 있었던 화자 자신의 기억을 통해 이야기를 구성하는데, 이런 사실적인 특성 때문에 소설 제목에 crónica(연대기)라는 단어가 차용된다. 이들 정보와 증언은 이 불행한 사건과 연관된 모든 등장인물의 인간적이고 심리적인 면모를 이해하도록 도와준다.

그런데 사건이 화자의 관점에서뿐만 아니라 여러 등장인물의 관점에서 다양하게 기술되기 때문에 서사적 관점이 변화무쌍하다. 관점들은 간혹 일치하고 때로는 상반된다. 혹은 등장인물들의 '특이한' 침묵 속에 숨어 있다. 그래서인지 소설에서 두 가지 사항만은 명쾌하게 밝혀지지 않는다. 하나는 앙헬라 비까리오의 처녀성을 앗아 간 사람이 정말 산띠아고 나사르인지 하는 문제고, 다른 하나는 산띠아고 나사르를 살해하겠다는 사실이 공공연히 알려졌는데도 살인이 제지되지 않은 이유가 무엇인지 하는 문제다.

위에서 언급한 의문점들과 관련해, 명예를 훼손하는 상대에 대한 복수심과 그 복수심을 표출하는 '정당한 폭력'의 문제가 대두된다. 명예는 집단적인 도덕 질서를 회복하기 위해 실행해야 하는 누그러뜨릴 수 없는 복수심에 당위성을 제공한다. 명예는 주저 없이, 지체 없이 복원되어야 한다. 명예를 지키는 것은 의무다. 소설에서 의대를 다녔다는 이유로 산띠아고 나사르의 사체를 부검한 까르멘 아마도르 신부는 쌍둥이 형제가 자신들의 권위와 가족의 명예를 회복하면서 남성성을 검증했다고 여긴다. 사람들이 살인 현장에 있으면서도 선뜻 제지하려고 나서지 않은 것도 명예에 관한 집단 무의식과 어느 정도 연관성이 있다.

피할 수 없는 운명, 비극적인 운명에 관한 '숙명주의'도 두드러진다. 소설에서 산띠아고 나사르의 운명은 이미 예정되었다. 그 운명은 일련의 '불운한 우연'이 축적돼 가면서 제 궤도를 달린다. 우연이 사건을 움직이고 산띠아고 나사르를 죽음으로 몬 요인 중 하나로 작용하는 것이다.

소설은 현실의 시적(詩的) 변형체

가르시아 마르케스에 따르면, 자신의 소설 『백년의 고독』을 포함한 모든 작품의 시·공간적 배경과 등장인물, 에피소드는 작가가 직접 혹은 간접적으로 경험한 바에 기반하며, 가장 비현실적으로 보이는 것조차도 시적 수단을 동원해 변형한 현실이라고 한다. "내 책에 쓰인 것 가운데 실제로 일어난 사건에서 비롯되지 않은 것은 단 한 줄도 없다."고 말하는 가르시아 마르케스에게 좋은 소설은 두 가지 조건을 갖추어야 한다. 사실을 시적으로 변형하는 것과 세계를 구성하는 암호들을 풀어내 알리는 것이다. 어찌 되었든 이 소설은 가르시아 마르케스가 자신의 고향에서 실제로 겪은 사건을 비교적 직접적인 방식으로 다루기 때문에 그의 소설 가운데 가장 '사실주의적'인 작품이라 할 수 있을 것이다. 그래서일까? 이탈리아의 프란체스꼬 로시 감독은 1987년에 이 소설을 영화로 재생했다. 이 소설이 지닌 문학적 명료함은 그 어떤 소설보다 라틴아메리카 학생들의 눈길을 강하게 사로잡는다.

2008 여름

조구호

옮긴이 **조구호**

한국외국어대학교 스페인어과를 졸업하고, 콜롬비아 까로 이 꾸에르보 연구소에서 문학 석사, 하베리아나 대학교에서 문학 박사 학위를 받았다. 경희대학교 비교문학연구소와 한국외국어대학교 외국문학연구소에서 박사후 과정을 이수했다. 배재대학교 스페인어·중남미학과에서 교수를 역임하였으며 현재 한국외국어대학교에서 강의하고 있다. 저서『라틴아메리카의 문학과 사회』(공저) 등과 역서『백년의 고독』,『사랑의 모험』,『칠레의 모든 기록』,『항해지도』,『어느 미친 사내의 5년 만의 외출』,『룰루의 사랑』,『터널』,『암피트리온』,『이야기하기 위해 살다』,『과학의 나무』등이 있다.

예고된 죽음의 연대기

1판 1쇄 펴냄   2008년 8월 14일
1판 8쇄 펴냄   2023년 12월 13일

지은이   가브리엘 가르시아 마르케스
옮긴이   조구호
발행인   박근섭·박상준
펴낸곳   (주)민음사

출판등록   1966. 5. 19. 제16-490호
주소   서울특별시 강남구 도산대로1길 62(신사동)
              강남출판문화센터 5층 (우편번호 06027)
대표전화   02-515-2000 | 팩시밀리   02-515-2007
홈페이지   www.minumsa.com

한국어 판 ⓒ (주)민음사, 2008. Printed in Seoul, Korea

ISBN 978-89-374-8197-0 (03870)